www.ingramcontent.com/pod-product-compliance
Lightning Source LLC
LaVergne TN
LVHW010601070526
838199LV00063BA/5039
* 9 7 8 9 3 5 8 7 2 8 5 2 1 *

مقدس جھوٹ

اور دیگر افسانے

(افسانے)

راجندر سنگھ بیدی

© Taemeer Publications LLC
Muqaddas Jhoot aur diigar Afsane (Short Stories)
By: Rajinder Singh Bedi
Edition: February '2024
Publisher :
Taemeer Publications LLC (Michigan, USA / Hyderabad, India)

ISBN 978-93-5872-852-1

مصنف یا ناشر کی پیشگی اجازت کے بغیر اس کتاب کا کوئی بھی حصہ کسی بھی شکل میں بشمول ویب سائٹ پر اَپ لوڈنگ کے لیے استعمال نہ کیا جائے۔ نیز اس کتاب پر کسی بھی قسم کے تنازع کو نمٹانے کا اختیار صرف حیدرآباد (تلنگانہ) کی عدلیہ کو ہو گا۔

© تعمیر پبلی کیشنز

کتاب	:	**مقدس جھوٹ اور دیگر افسانے**
مصنف	:	**راجندر سنگھ بیدی**
پروف ریڈنگ / تدوین	:	اعجاز عبید
صنف	:	فکشن
ناشر	:	تعمیر پبلی کیشنز (حیدرآباد، انڈیا)
سالِ اشاعت	:	۲۰۲۴ء
صفحات	:	۸۶
سرورق ڈیزائن	:	تعمیر ویب ڈیزائن

فہرست

(۱)	وہ بڈھا	6
(۲)	گرہن	26
(۳)	بھولا	36
(۴)	مقدس جھوٹ	47
(۵)	ایک باپ بکاؤ ہے	54
(۶)	جو گیا	66

(۱) وہ بڈھا

میں نہیں جانتی۔ میں تو مزے میں چلی جا رہی تھی۔ میرے ہاتھ میں کالے رنگ کا ایک پرس تھا، جس میں چاندی کے تار سے کچھ کڑھا ہوا تھا اور میں ہاتھ میں اسے گھما رہی تھی۔ کچھ دیر میں اچک کر فٹ پاتھ پر ہو گئی، کیوں کہ مین روڈ پر سے ادھر آنے والی بسیں اڈے پر پہنچنے اور ٹائم کیپر کو ٹائم دینے کے لئے یہاں آکر ایک دم راستہ کاٹتی تھیں۔ اس لئے اس موڑ پر آئے دن حادثے ہوتے رہتے تھے۔

بس تو خیر نہیں آئی لیکن اس پر بھی ایکسیڈنٹ ہو گیا۔ میرے دائیں طرف سامنے کے فٹ پاتھ کے ادھر مکان تھا اور میرے الٹے ہاتھ اسکول کی سیمنٹ سے بنی ہوئی دیوار، جس کے اس پار مشنری اسکول کے فادر لوگ ایسٹر کے سلسلے میں کچھ سجا سنوار رہے تھے۔ میں اپنے آپ سے بے خبر تھی، لیکن یکایک نہ جانے مجھے کیوں ایسا محسوس ہونے لگا کہ میں ایک لڑکی ہوں جوان لڑکی۔ ایسا کیوں ہوتا ہے، یہ میں نہیں جانتی۔ مگر ایک بات کا مجھے پتہ ہے ہم لڑکیاں صرف آنکھوں سے نہیں دیکھتیں۔ جانے پرماتما نے ہمارا بدن کیسے بنایا ہے کہ اس کا ہر پور دیکھتا، محسوس کرتا، پھیلتا اور سمٹتا ہے۔ گدگدی کرنے والا ہاتھ لگتا بھی نہیں کہ پورا شریر ہنسنے مچلنے لگتا ہے۔ کوئی چوری چھپے دیکھے بھی تو یوں لگتا ہے جیسے ہزاروں سوئیاں ایک ساتھ چبھنے لگیں، جن سے تکلیف ہوتی ہے اور مزہ بھی آتا ہے البتہ کوئی سامنے بے شرمی سے دیکھے تو دوسری بات ہے۔

اس دن کوئی میرے پیچھے آرہا تھا۔ اسے میں نے دیکھا تو نہیں، لیکن ایک سنسناہٹ

سی میرے جسم دوڑ گئی۔ جہاں میں چل رہی تھی، وہاں برابر میں ایک پرانی شیور لیٹ گاڑی آکر رکی، جس میں ادھیڑ عمر کا بلکہ بوڑھا مرد بیٹھا تھا۔ وہ بہت معتبر صورت اور رعب داب والا آدمی تھا، جس کے چہرے پر عمر نے خوب لڈو کھیلی تھی۔ اس کی آنکھ تھوڑی دبی ہوئی تھی، جیسے کبھی اسے لقوہ ہوا ہو اور وٹامن سی اور بی کمپلیکس کے ٹیکے وغیرہ لگوانے، شیر کی چربی کی مالش کرنے یا کبوتر کا خون ملنے سے ٹھیک تو ہو گیا ہو، لیکن پورا نہیں۔ ایسے لوگوں پر مجھے بڑا ترس آتا ہے کیونکہ وہ آنکھ نہیں مارتے اور پھر بھی پکڑے جاتے ہیں۔ جب اس نے میری طرف دیکھا تو پہلے میں بھی اسے غلط سمجھ گئی، لیکن چونکہ میرے اپنے گھر میں چچا گووند اسی بیماری کے مریض ہیں، اس لئے میں اصل وجہ جان گئی۔ دیر تک میں اپنے آپ کو شرمندہ سی محسوس کرتی رہی۔ اس بڈھے کی داڑھی تھی جس میں روپے کے برابر ایک سپاٹ سی جگہ تھی۔ ضرور کسی زمانے میں وہاں اس کے کوئی بڑا سا پھوڑا نکلا ہو گا جو ٹھیک تو ہو گیا لیکن بالوں کو جڑ سے غائب کر گیا۔ اس کی داڑھی سر کے بالوں سے زیادہ سفید تھی۔ سر کے بال کھچڑی تھے۔ سفید زیادہ اور کالے کم، جیسے کسی نے ماش کی دال تھوڑی اور چاول زیادہ ڈال دئے ہوں۔ اس کا بدن بھاری تھا، جیسا کہ اس عمر میں سب کا ہو جاتا ہے۔ میرا بھی ہو جائے گا کیا میٹرن گوں لگی؟ لوگ کہتے ہیں تمہاری ماں موٹی ہے، تم بھی آگے چل کر موٹی ہو جاؤ گی عجیب بات ہے نا کہ کوئی عمر کے ساتھ آپ ہی آپ ماں ہو جائے یا باپ۔ بڈھے کے قد کا البتہ پتہ نہ چلا، کیوں کہ وہ موٹر میں ڈھیر تھا۔ کار رکتے ہی اس نے کہا "سنو۔"

میں رک گئی، اس کی بات سننے کے لئے تھوڑا جھک بھی گئی۔

"میں نے تمہیں دور سے دیکھا" وہ بولا۔

میں نے جواب دیا "جی۔"

"میں جو تم سے کہنے جارہاہوں اس پر خفانہ ہونا۔

"کہئے میں نے سیدھی کھڑی ہو کر کہا۔

اس بڈھے نے پھر مجھے ایک نظر دیکھا، لیکن میرے جسم میں سنسناہٹ نہ دوڑی، کیوں کہ وہ بڈھا تھا۔ پھر اس کے چہرے سے بھی کوئی ایسی ویسی بات نہیں معلوم ہوتی تھی، ورنہ لوگ تو کہتے ہیں کہ بڈھے بڑے ٹھرکی ہوتے ہیں۔

"تم جارہی تھیں۔" اس نے پھر بات شروع کی "اور تمہاری یہ ناگن، دایاں پاؤں اٹھنے پر بائیں طرف اور بایاں پاؤں اٹھنے پر دائیں طرف جھوم رہی تھی"

میں ایک دم کانشس ہو گئی۔ میں نے اپنی چوٹی کی طرف دیکھا جو اس وقت نہ جانے کیسے سامنے چلی آئی تھی۔ میں نے بغیر کسی ارادے کے سر کو جھٹکا دیا اور ناگن جیسے پھنکارتی ہوئی پھر پیچھے چلی گئی۔ بڈھا کہے جارہا تھا "میں نے گاڑی آہستہ کرلی اور پیچھے سے تمہیں دیکھتارہا" اور آخر وہ بڈھا ایک دم بولا "تم بہت خوبصورت لڑکی ہو۔"

میرے بدن میں جیسے کوئی تکلف پیدا ہو گیا اور میں کروٹ کروٹ بدن چرانے لگی۔ بڈھا منترمگدھ مجھے دیکھ رہا تھا۔ میں نہیں جانتی تھی اس کی بات کا کیا جواب دوں؟ میں نے سنا ہے، باہر کے دیسوں میں کسی لڑکی کو کوئی ایسی بات کہہ دے تو وہ بہت خوش ہوتی ہے، شکریہ ادا کرتی ہے لیکن ہمارے یہاں کوئی رواج نہیں۔ الٹا ہمیں آگ لگ جاتی ہے۔ ہم کیسی بھی ہیں، کسی کو کیا حق پہنچتا ہے کہ ہمیں ایسی نظروں سے دیکھے؟ اور وہ بھی یوں سڑک کے کنارے، گاڑی روک کر۔ بدیسی لڑکیوں کا کیا ہے، وہ تو بڈھوں کو پسند کرتی ہیں۔ اٹھارہ بیس کی لڑکی ساٹھ ستر کے بوڑھے سے شادی کرلیتی ہے۔

میں نے سوچا، یہ بڈھا آخر چاہتا کیا ہے؟

"میں اس خوبصورتی کی بات نہیں کرتا۔" وہ بولا " جسے عام آدمی خوبصورتی کہتے ہیں

مثلاً وہ گورے رنگ کو اچھا سمجھتے ہیں۔"

مجھے جھر جھری سی آئی۔ آپ دیکھ ہی رہے ہیں میرا رنگ کوئی اتنا گورا بھی نہیں سانولا بھی نہیں بس بیچ کا ہے۔ میں تو شرما گئی۔

"آپ؟" میں نے کہا اور پھر آگے پیچھے دیکھنے لگی کہ کوئی دیکھ تو نہیں رہا؟

بس دندناتی ہوئی آئی اور یوں پاس سے گزر گئی کہ اس کے اور کار کے درمیان بس انچ بھر کا فاصلہ رہ گیا لیکن وہ بڈھا دنیا کی ہر چیز سے بے خبر تھا۔ مرنا تو آخر ہر ایک کو ہے لیکن وہ اس وقت کی بے کار اور فضول موت سے بھی بے خبر تھا۔ جانے کن دنیاؤں میں کھویا ہوا تھا وہ؟

دو تین گھاٹی راما لوگ وہاں سے گزرے۔ وہ کسی نوکری پگار کے بارے میں جھگڑا کرتے جا رہے تھے۔ ان کا شور جو ایسٹر کی گھنٹیوں میں گم ہو گیا۔ دائیں طرف کے مکان کی بالکنی پر ایک دبلی سی عورت اپنے بالوں میں کنگھی کرتی ہوئی آئی اور ایک بڑا سا گچھا بالوں کا کنگھی میں سے نکال کر نیچے پھینکتی ہوئی واپس اندر چلی گئی۔ کسی نے خیال بھی نہ کیا کہ سڑک کے کنارے میرے اور اس بوڑھے کے درمیان کیا معاملہ چل رہا ہے۔ شاید اس لئے کہ لوگ اسے میرا کوئی بڑا سمجھتے تھے۔۔ بوڑھا کہتا رہا "تمہارا یہ سنولایا ہوا، کندنی رنگ، یہ گٹھا ہوا بدن ہمارے ملک میں ہر لڑکی کا ہونا چاہئے اور پھر یکایک بولا "تمہاری شادی تو نہیں ہوئی؟"

"نہیں۔" میں نے جواب دیا۔

"کرنا بھی تو کسی گبرو جوان سے۔"

"جی"

اب خون میرے چہرے تک ابل ابل کر آنے لگا تھا۔ آپ سوچئے آنا چاہئے تھے یا

نہیں؟

لیکن اس سے پہلے کہ میں اس بڈھے کو کچھ کہتی اس نے ایک نئی بات شروع کر دی۔

"تم جانتی ہو، آج کل یہاں چور آئے ہوئے ہیں؟"

"چور؟" میں نے کہا" کیسے چور۔"

"جو بچوں کو چرا کر لے جاتے ہیں انہیں بے ہوش کر کے ایک گٹھڑی میں ڈال لیتے ہیں۔ ایک وقت میں چار چار پانچ پانچ۔"

مجھے بڑی حیرانی ہوئی۔ میں نے کہا بھی تو صرف اتنا "تو؟ میرا مطلب ہے مجھے۔۔ میرا اس بات سے کیا تعلق؟"

اس بڈھے نے کمر سے نیچے میری طرف دیکھا اور بولا" دیکھنا کہیں پولیس تمہیں پکڑ کر نہ لے جائے۔"

اور اس کے بعد اس بڈھے نے ہاتھ ہوا میں لہرایا اور گاڑی اسٹارٹ کر کے چلا گیا۔ میں بے حد حیران کھڑی تھی چور گٹھڑی، جس میں چار چار پانچ پانچ بچے جب ہی میں نے خود بھی اپنے نیچے کی طرف دیکھا اور اس کی بات سمجھ گئی۔ میں ایک دم جل اٹھی۔ پاجی، کمینہ شرم نہ آئی اسے؟ میں اس کی پوتی نہیں تو بیٹی کی عمر کی تو ہوں ہی اور یہ مجھ سے ایسی باتیں کر گیا، جو لوگ بدیس میں بھی نہیں کرتے۔ اسے حق کیا تھا کہ ایک لڑکی کو سڑک کے کنارے کھڑی کر لے اور ایسی باتیں کرے ایک عزت والی لڑکی سے۔ ایسی باتیں کرنے کی اسے ہمت کیسے ہوئی؟ آخر کیا تھا مجھ میں؟ یہ سب اس نے مجھ سے ہی کیوں کہا؟ بے عزتی کے احساس سے میری آنکھوں میں آنسو امڈ آئی۔ میں کیا ایک اچھے گھر کی لڑکی دکھائی نہیں دیتی؟ میں نے لباس بھی ایسا نہیں پہنا جو بازاری قسم کا ہو قمیص البتہ فٹ تھی،

جیسی عام لڑکیوں کی ہوتی ہے اور نیچے شلوار۔ کیوں یہ ایسا کیوں ہوا؟ ایسے کو تو پکڑ کر مارنا اور مار مار کر سور بنا دینا چاہئے۔ پولیس میں اس کی رپٹ کرنی چاہئے۔ آخر کوئی تک ہے؟ اس کی گاڑی کا نمبر؟ مگر جب تک گاڑی موڑ پر نظروں سے اوجھل ہو چکی تھی۔ میں بھی کتنی مورکھ ہوں جو نمبر بھی نہیں لیا۔ میرے ساتھ ایسا ہی ہوتا ہے، ہمیشہ ایسا ہی ہوتا ہے۔ وقت پر دماغ کبھی کام نہیں کرتا، بعد میں یاد آتا ہے تو خود ہی سے نفرت پیدا ہوتی ہے۔ میں نے سائیکالوجی کی کتاب میں پڑھا ہے، ایسی حرکت وہی لوگ کرتے ہیں جو دوسروں کی عزت بھی کرتے ہیں اور اپنی بھی۔ اسی لئے مجھے وقت پر نمبر لینا بھی یاد نہ آیا۔ میں رونکھی سی ہو گئی۔ سامنے سے پودار کالج کے کچھ لڑکے گاتے، سیٹیاں بجاتے ہوئے گزر گئے۔ انہوں نے تو ایک نظر بھی میری طرف نہ دیکھا مگر یہ بڈھا؟!

میں دراصل دادر اون کے گولے خریدنے جا رہی تھی۔ میرا فرسٹ کزن بیگل سویڈن میں تھا، جہاں بہت سردی تھی اور وہ چاہتا تھا کہ میں کوئی آٹھ پلائی کی اون کا سویٹر بن کر اسے بھیج دوں۔ کزن ہونے کے ناطے وہ میرا بھائی تھا، لیکن تھا بد معاش۔ اس نے لکھا "تمہارے ہاتھ کا بنا ہوا سویٹر بدن پر رہے گا تو سردی نہیں لگے گی!" میرے گھر میں اور کوئی بھی تو نہ تھا۔ بی اے پاس کر چکی تھی اور پاپا کہتے تھے "آگے پڑھائی سے کوئی فائدہ نہیں۔ ہاں اگر کسی لڑکی کو پروفیشن میں جانا ہو تو ٹھیک ہے لیکن اگر ہر ہندوستانی لڑکی کی شادی ہی اس کا پروفیشن ہے تو پھر آگے پڑھنے سے کیا فائدہ؟" اس لئے میں گھر میں ہی رہتی اور آلتو فالتو کام کرتی تھی، جیسے سویٹر بننا یا بھیا اور بھابھی بہت رومانٹک ہو جائیں اور سینما کا پروگرام بنا لیں تو پیچھے ان کی بچی بندو کو سنبھالنا، اس کے گیلے کپڑوں، پوتڑوں کو دھونا سکھانا وغیرہ لیکن بڈھے سے اس مڈبھیڑ کے بعد میں جیسے ہل ہی نہ سکی۔ میرے پاؤں میں جیسے کسی نے سیسہ بھر دیا۔ پتہ نہیں آگے چل کر کیا ہو؟ اور بس میں گھر لوٹ

آئی۔

اتنی جلدی گھر لوٹتے دیکھ کر ماں حیران رہ گئی۔ اس نے سمجھا کہ میں اون کے گولے خرید بھی لائی ہوں لیکن میں نے قریب قریب روتے ہوئے اسے ساری بات کہہ سنائی۔ اگر گول کر گئی تو وہ چار چار پانچ پانچ بچوں والی بات۔ کچھ ایسی باتیں بھی ہوتی ہیں جو بیٹی ماں سے بھی نہیں کہہ سکتی۔ ماں کو بڑا غصہ آیا اور وہ ہوا میں گالیاں دینے لگی۔ عورتوں کی گالیاں جن سے مردوں کا کچھ نہیں بگڑتا اور جو انہیں اور بھی مشتعل کرتی ہیں۔ آخر ماں نے ٹھنڈی سانس لی اور کہا "اب تجھے کیا بتاؤں بیٹا۔ یہ مرد سب ایسے ہوتے ہیں کیا جوان کیا بڈھے۔" "لیکن ماں" میں نے کہا "پاپا بھی تو ہیں۔"

ماں بولی "اب میرا منہ نہ کھلواؤ۔"

"کیا مطلب؟"

"دیکھا نہیں تھا اس دن؟ کیسے راما لنگم کی بیٹی سے ہنس ہنس کر باتیں کر رہے تھے۔"

کچھ بھی ہو، ماں کے اس مرد کو گالیاں دینے سے ایک حد تک میرا دل ٹھنڈا ہو گیا تھا مگر بڈھے کی باتیں رہ رہ کر میرے کانوں میں گونج رہی تھیں اور میں سوچ رہی تھی کہیں مل جائے تو میں اور اس کے بعد میں اپنے بے بسی پر ہنسنے لگی۔ ذرا دیر بعد میں اٹھ کر اندر آ گئی۔ سامنے قدم آدم آئینہ تھا۔ میں رک گئی اور اپنے سراپے کو دیکھنے لگی۔ کولھوں سے نیچے نظر گئی تو پھر مجھے اس کی چار چار پانچ پانچ بچوں والی بات یاد آ گئی اور میرے گالوں کی لویں تک گرم ہونے لگیں۔ وہاں کوئی نہیں تھا۔ پھر میں کس سے شرما رہی تھی؟ ہو سکتا ہے بدن کا یہی حصہ جسے لڑکیاں پسند نہیں کرتیں، مردوں کو اچھا لگتا ہو۔ جیسے لڑکے سیدھے اور ستواں بدن کا مذاق اڑاتے ہیں اور نہیں جانتے وہی ہم عورتوں کو اچھا لگتا ہے۔ اس کا یہ مطلب نہیں کہ مرد کو سوکھا سڑا ہونا چاہیئے۔ نہیں ان کا بدن ہو تو اوپر سے پھیلا

ہوا۔ مطلب چوڑے کاندھے، چکلی چھاتی اور مضبوط بازو۔ البتہ نیچے سے سیدھا اور ستواں ہی ہونا چاہیئے۔

اتنے میں پاپا پیچ والے کمرے میں چلے آئے، جہاں میں کھڑی تھی۔ میرے خیالوں کا وہ تار ٹوٹ گیا۔ پاپا آج بڑے تھکے تھکے سے نظر آئے تھے، کوٹ جو وہ پہن کر دفتر گئے تھے، کاندھے پر پڑا ہوا تھا۔ ٹوپی کچھ پیچھے سرک گئی تھی۔ انہوں نے اندر آکر ایسے ہی کہا، "بیٹا" اور پھر ٹوپی اٹھا کر اپنے گنجے سر کو کھجایا۔ ٹوپی پھر سر پر رکھنے کے بعد وہ باتھ روم کی طرف چلے گئے، جہاں انہوں نے قمیص اتاری۔ ان کا بنیان پسینے سے تر تھا۔ پہلے انہوں نے منہ پر پانی کے چھینٹے مارے، پھر اوپر طاق سے یوڈی کلون نکال کر بغلوں میں لگائی۔ ایک نیپکن سے منہ پونچھتے ہوئے لوٹ آئے اور جیسے بے فکر ہو کر خود کو صوفے میں گرا دیا۔ ماں نے پوچھا" سکنجبین لوگے؟" جواب میں انہوں نے کہا، "کیوں؟ وہسکی ختم ہو گئی؟ ابھی پرسوں ہی تو لایا تھا، میکن کی بوتل۔"

جب میں بوتل اور گلاس لائی تو ماں اور پاپا آپس میں کچھ بات کر رہے تھے۔ میرے آتے ہی وہ خاموش ہو گئے۔ میں ڈر گئی۔ مجھے یوں لگا جیسے وہ اس بڈھے کی باتیں کر رہے ہیں لیکن نہیں وہ چچا گووند کے بارے میں کہہ رہے تھے۔ آخری بات سے مجھے یہی اندازہ ہوا چچا اندر سے کچھ اور ہیں، باہر سے کچھ اور۔

پھر کھانا وانا ہوا جس میں رات ہو گئی۔ بیچ میں بے موسم کی برسات کا کوئی چھینٹا پڑ گیا تھا اور گھر کے سامنے لگے ہوئے اشوک پیڑ کے پتے، خاکی خاکی، لمبوترے پتے، زیادہ ہرے اور چمکیلے ہو گئے تھے۔ سڑک پر کمیٹی کی بتی سے نکلنے والی روشنی ان پر پڑتی تھی تو وہ چمک چمک جاتے تھے۔ ہوا مسلسل نہیں چل رہی تھی۔ ایسا معلوم ہوتا تھا کہ وہ ایک ایک جھونکا کر کے آرہی ہے اور جب اشوک کے پتوں سے جھونکا آکر ٹکراتا اور شاں شاں کی

آواز پیدا ہوتی تو یوں لگتا جیسے ستار کا جھالا ہے۔ ہمارے نانکو نے بستر لگا دیا تھا۔ میری عادت تھی کہ ادھر بستر پر لیٹی، ادھر سو گئی، لیکن اس دن نیند تھی کہ آ ہی نہیں رہی تھی۔ شاید اس لئے کہ سڑک پر لگے بلب کی روشنی ٹھیک میرے سرہانے پر پڑتی تھی اور جب میں دائیں کروٹ لیتی تو میری آنکھوں میں چبھنے لگتی تھی۔ میں نے آنکھیں موند کر دیکھا تو بجلی کا بلب ایک چھوٹا سا چاند بن گیا۔ جس میں ہالے سے باہر کرنیں پھوٹ رہی تھیں۔ میں نے اٹھ کر بیڈ کو تھوڑا سا سرکا لیا لیکن اس کے باوجود وہ کرنیں وہیں تھیں فرق صرف اتنا تھا کہ اب وہ خود میرے اپنے اندر سے پھوٹ رہی تھیں۔ آپ تو جانتے ہیں جیوتی شبد ہو جاتی ہے اور شبد جیوتی۔ وہ کرنیں بھی آواز میں بدل گئیں اسی بڈھے کی آواز میں!

"دھت!" میں نے کہا اور اسی کروٹ لیٹے لیٹے من میں گایتری کا پاٹ کرنے لگی لیکن وہی کرنیں چھوٹے چھوٹے، گول گول، گدرائے گدرائے بچوں کی شکل میں بدلنے لگیں۔ ان کے پیچھے ایک گبرو جوان کا چہرہ نظر آ رہا تھا، لیکن دھندلا دھندلا سا۔ وہ شاید ان بچوں کا باپ تھا۔ "اس کی شکل اس بڈھے کی شکل سے ملتی تھی نہیں تو پھر اس نوجوان کی شکل صاف ہونے لگی۔ وہ ہنس رہا تھا۔ اس کی بتیسی کتنی سفید اور پکی تھی۔ اس نے فوج کی لیفٹیننٹ کی وردی پہن رکھی تھی۔ نہیں پولیس انسپکٹر کی نہیں سوٹ، ایوننگ سوٹ، جس میں وہ بے حد خوبصورت معلوم ہو رہا تھا۔ اپنی نیند واپس لانے کے لئے میں نے ٹیچر کا بتایا ہوا نسخہ استعمال کرنا شروع کیا۔ میں فرضی بھیڑیں گننے لگی۔ مگر بے کار تھا، سب کچھ بے کار تھا۔ پرماتما جانے اس بڈھے نے کیا جادو جگایا تھا، یا میری اپنی ہی قسمت پھوٹ گئی تھی۔ اچھی بھلی جا رہی تھی، بیگل کے لئے اون کے گولے خریدنے۔ بیگل! دھت وہ میرا بھائی تھا۔ پھر گولے کے اون کے موٹے موٹے بنے ہوئے دھاگے پتلے ہوتے گئے اور مکڑی کے جال کی طرح میرے دماغ میں الجھ گئے۔ پھر جیسے سب صاف ہو گیا۔ اب

سامنے ایک چٹیل میدان تھا، جس میں کوئی ولی اوتار بھیڑیں چرا رہا تھا۔ وہ بش شرٹ پہنے ہوئے تھا، تندرست، مضبوط اور خوبصورت۔ لاابالی پن میں اس نے شرٹ کے بٹن کھول رکھے تھے اور چھاتی کے بال صاف اور سامنے نظر آرہے تھے، جن میں سر رکھ کر اپنے دکھڑے رونے میں مزہ آتا ہے۔ وہ بھیڑیں کیوں چرا رہا تھا؟ اب مجھے یاد ہے وہ بھیڑیں گنتی میں تہتر تھیں میں سو گئی۔

مجھے کچھ ہو گیا۔ نہ صرف یہ کہ میں بار بار خود کو آئینے میں دیکھنے لگی بلکہ ڈرنے بھی لگی۔ بچے بری طرح میرے پیچھے پڑے ہوئے تھے اور میں پکڑے جانے کے خوف میں کانپ رہی تھی۔ گھر میں میرے رشتے کی باتیں چل رہی تھیں۔ روز کوئی نہ کوئی دیکھنے کو چلا آتا تھا، لیکن مجھے ان میں سے کوئی بھی پسند نہ تھا۔ کوئی مرا مرگھلا تھا اور کوئی تندرست تھا بھی تو اس نے کنویکس شیشوں والی عینک لگا رکھی تھی۔ اس صاحب نے کیمسٹری میں ڈاکٹریٹ کی ہے۔ کی ہو گی۔ نہیں چاہئے کیمسٹری۔ ان میں سے کوئی بھی ایسا نہ تھا جو میری نظر میں نچ سکیوہ نظر جو اب میری نہ تھی، بلکہ اس بڈھے کی نظر ہو چکی تھی۔ میں نے دیکھا کہ اب سینما تماشے کو بھی جانے کو میرا دل نہیں چاہتا تھا، حالاں کہ شہر میں کئی نئی اور اچھی پکچریں لگی تھیں اور وہی ہیرو لوگ ان میں کام کرتے تھے جو کل تک میرے چہیتے تھے لیکن اب وہ یکایک مجھے سسی دکھائی دینے لگے۔ وہ ویسے ہی پیڑ کے پیچھے سے گھوم کر لڑکی کے پاس آتے تھے اور عجیب طرح کی زنانہ حرکتیں کرتے ہوئے اسے لبھانے کی کوشش کرتے تھے۔ بھلا مرد ایسے کہاں ہوتے ہیں؟ عورت کے پیچھے بھاگتے ہوئے۔۔ ہشت! وہ تو اسے موقع ہی نہیں دیتے کہ وہ ان کے لئے روئے، تڑپے۔ حد ہے نا، مرد ہی نہیں جانتے کہ مرد کیا ہے؟ ان میں سے ایک بھی تو میری کسوٹی پر پورا نہیں اترتا تھا جو میری کسوٹی بھی نہ تھی۔

ان ہی دنوں میں نے اپنے آپ کو پریتج کے میدان میں پایا جہاں ہند اور پاکستان کے بیچ ہاکی میچ ہو رہا تھا۔ پاکستان کے گیارہ کھلاڑیوں میں سے کم از کم چار پانچ ایسے تھے جو نظروں کو لوٹ لیتے تھے۔ ادھر ہند کی ٹیم میں بھی اتنی ہی تعداد میں خوابوں کے شہزادے موجود تھے۔ چار پانچ، جن میں سے دو سکھ تھے۔ چار پانچ ہی کیوں؟ مجھے ہنسی آئی۔ پاکستان کا سنٹر فارورڈ عبد الباقی کیا کھلاڑی تھا! اس کی ہاکی کیا تھی؟ چمبک پتھر تھی، جس کے ساتھ گیند چمٹی ہی رہتی تھی۔ یوں پاس دیتا تھا جیسے کوئی بات ہی نہیں۔ چلتا تو یوں جیسے مینز لینڈ میں جا رہا ہے۔ ہندوستانی سائیڈ کے گول پر پہنچ کر ایسا نشانہ بٹھاتا کہ گولی کی سب محنتیں بے کار اور گیند پوسٹ کے پار! گول! تماشائی شور مچاتے، بمبئی کے مسلمان نعرے لگاتے، بغلیں بجاتے۔ یہی نہیں اتری بھارت کے ہندوستانی بھی ان کے ساتھ شامل ہو جاتے۔ ہندوستانی ٹیم کا شنگارا سنگھ تھا۔ کیا کارنر لیتا تھا! جب اس نے گول کیا تو اس سے بھی زیادہ شور ہوا۔ اب دونوں طرف کے کھلاڑی فاؤل کھیلنے لگے۔ وہ آزادانہ ایک دوسرے کے ٹخنے گھٹنے توڑنے لگے۔ لیکن میچ چلتا رہا۔

پاکستانی ٹیم ہندوستانی پر بھاری تھی۔ ان میں سے کسی کے ساتھ لو لگانا میرے لئے ٹھیک بھی نہ تھا لیکن ہر وہ چیز انسان کو بھڑکاتی ہے جسے کرنے سے منع کیا گیا ہو۔ ہندو لڑکی کسی مسلمان سے شادی کر لیتی ہے یا مسلمان لڑکی سکھ کے ساتھ بھاگ جاتی ہے تو کیسا شور مچتا ہے! کوئی نہیں پوچھتا اس لڑکی سے کہ اسے کیا تکلیف تھی۔ چاہے وہ لڑکی خود ہی بعد میں کہے کیا ہندو، کیا مسلمان اور کیا سکھ سب ایک ہی سے کمینے ہیں۔

ہندوستانی ٹیم میں ایک کھلاڑی اسٹینڈ بائی تھا جو سب سے زیادہ خوبصورت اور گبرو جوان تھا۔ اسے کھلا کیوں نہیں رہے تھے؟ کھیل کے بعد جب میں آٹو گراف لینے کے لئے کھلاڑیوں کے پاس گئی تو میں نے اپنی کاپی اس اسٹینڈ بائی کے سامنے بھی کر دی۔ وہ

بہت حیران ہوا۔ وہ تو کھیلا ہی نہ تھا۔ میں نے اس سے کہا" تم کھیلو گے۔ ایک دن کھیلو گے۔ کوئی بیمار پڑ جائے گا، مگر تم کھیلو گے۔ سب کو مات دو گے، ٹیم کے کیپٹن بنو گے!"

اسٹینڈ بائی کا تو جیسے دل ہی پگھل کر باہر آ گیا۔ نم آنکھوں سے اس نے میری طرف دیکھا جیسے میں جو کچھ کہہ رہی ہوں وہ الہام ہے! اور شاید وہ الہام تھا بھی، کیوں کہ وہ سب کچھ میں تھوڑا ہی کہہ رہی تھی۔ میرے اندر کی کوئی چیز تھی جو مجھے وہ سب کچھ کہنے کو مجبور کر رہی تھی۔ پھر میں نے اسے چائے کی دعوت دی، جو اس نے قبول کر لی اور میں اسے ساتھ لے کر لارڈ پہنچ گئی۔ جب میں اس کے ساتھ چل رہی تھی تو ایک سنسناہٹ تھی جو میرے پورے بدن میں دوڑ دوڑ جاتی تھی۔ کیسے ڈر خوشی بن جاتا ہے اور خوشی ڈر۔ میں نے چندیری کی جو ساڑھی پہن رکھی تھی، بہت پتلی تھی۔ مجھے شرم آ رہی تھی اور شرم ہی شرم میں ایک مزہ بھی۔ کبھی کبھی مجھے یاد آتا تھا اور پھر بھول بھی جاتی تھی کہ لوگ مجھے دیکھ رہے ہیں۔ اس وقت دنیا میں کوئی نہیں تھا، میرے اور اس اسٹینڈ بائی کے سوا جس کا نام جے کشن تھا لیکن اسے سب پر نٹو کے نام سے پکارتے تھے۔ ہم دونوں لارڈ پہنچ گئے اور ایک سیٹ پر بیٹھ گئے۔ ایک دوسرے کی قربت سے ہم دونوں شرابی ہو گئے تھے۔ ہم ساتھ لگ کے بیٹھے تھے کہ الگ ہٹ گئے اور پھر ساتھ لگ کر بیٹھ گئے۔ بدنوں میں سے ایک بو لپک رہی تھی۔ سوندھی سوندھی، جیسے تنور میں پڑی ہوئی روٹی سے اٹھتی ہے۔ میں چاہتی تھی کہ ہم دونوں کے درمیان کچھ ہو جائے۔ پیار، جیسے پیار کوئی آلا کارت ڈش ہوتی ہے۔ چائے آئی جسے پیتے ہوئے میں نے دیکھا کہ وہ چور نظروں سے مجھے دیکھ رہا ہے۔ میرے بدن کے اسی حصے کو جہاں اس بڈھے کی نظریں ٹکی تھیں۔ وہ بڈھا تھا؟ ماں نے کہا تھا، مرد سب ایک سے ہی ہوتے ہیں، کیا جوان کیا بڈھے؟

ہو سکتا تھا ہماری بات آگے بڑھ جاتی، لیکن پر نٹو نے سارا قلعہ ڈھیر کر دیا۔ پہلے اس

نے میرا ہاتھ اپنے ہاتھ میں لیا اور اسے دبا دیا۔ اس حرکت کو میں نے پیار کی اٹھکیلی سمجھا لیکن اس کے بعد وہ سب کی نظریں بچا کر بچا کر اپنا ہاتھ میرے شریر کے اس حصے پر دوڑانے لگا، جہاں عورت مرد سے جدا ہونے لگتی ہے۔ میرے تن بدن میں آگ سی لپک آئی۔ میری آنکھوں سے چنگاریاں پھوٹنے لگیں نفرت کی، محبت کی۔ میرا چہرہ لال ہونے لگا۔ میں باتیں بھولنے لگی۔ میں نے اس کا ہاتھ جھٹکا تو اس نے مایوس ہو کر رات کو بیک بے میں چلنے کی دعوت دی، جسے فوراً مانتے ہوئے میں نے ایک طرح انکار کر دیا۔ وہ مجھے، عورت کو بالکل غلط سمجھ گیا تھا، جو ڈھرے پہ تو آتی ہے مگر سیدھے نہیں۔ اس کی تو گالی بھی بے حیا مرد کی طرح سیدھی نہیں ہوتی۔ اس کا سب کچھ گول مول، ٹیڑھا میڑھا ہوتا ہے۔ روشنی سے وہ گھبراتی ہے، اندھیرے سے اسے ڈر لگتا ہے۔ آخر اندھیرا رہتا ہے نہ ڈر، کیوں کہ وہ ان آنکھوں سے پرے، ان روشنیوں سے پرے ایک ایسی دنیا میں ہوتی ہے جو سانسوں کی دنیا، یوگ کی دنیا ہوتی ہے، جسے آنکھوں کے بیچ کی تیسری آنکھ ہی گھور سکتی ہے۔ گے لارڈ سے باہر نکلے تو میرے اور پرنٹو کے درمیان سوا تندرستی کے اور کوئی بات مشترک نہ رہی تھی۔ میرے کھسیائے ہونے سے وہ بھی کھسیا چکا تھا۔ میں نے سڑک پر جاتی ہوئی ایک ٹیکسی کو روکا۔ پرنٹو نے بڑھ کر میرے لئے دروازہ کھولا اور میں لپک کر اندر بیٹھ گئی۔

"بیک بے۔" پرنٹو نے مجھے یاد دلایا۔

"میں نے طوطے کی طرح رٹ دیا "بیک بے" اور پھر ٹیکسی ڈرائیور کی طرف منہ موڑتے ہوئے بولی "ماہم۔"

"بیک بے نہیں؟" وہ بولا۔

"نہیں" میں نے کرخت سی آواز میں جواب دیا "ماہم۔" "آپ تو ابھی"

"چلو، جہاں میں کہتی ہوں۔"

ٹیکسی چلی تو پر نٹو نے میری طرف ہاتھ پھیلایا جو اتنا لمبا ہو گیا کہ محمد علی روڈ، بائیکلہ، پریل، دادر، ماہم، سیتلا دیوی، ٹیمپل روڈ تک میرا پیچھا کرتا رہا اور مجھے گدگداتا رہا۔ آخر میں گھر پہنچ گئی۔

اندر یادو بھیا ایک جھٹکے کے ساتھ بھابھی کے پاس سے اٹھے۔ میں سمجھ گئی، کیوں کہ ماں کا کڑا حکم تھا کہ میرے سامنے وہ اکٹھے نہ بیٹھا کریں "گھر میں جوان لڑکی ہے۔" میں نے لپک کر بندو کو جھولے میں سے اٹھایا اور اس سے کھیلنے لگی۔ بندو مجھے دیکھ کر مسکرائی۔ ایک پل کے لئے تو میں گھبرا گئی، جیسے اسے سب کچھ معلوم تھا۔ کچھ لوگ کہتے ہیں کہ بچوں کو سب پتہ ہوتا ہے، صرف وہ کہتے نہیں۔

گھر میں گووند چاچا بھی تھے جو پاپا کے ساتھ اسٹڈی میں بیٹھے تھے اور ہمیشہ کی طرح سے ماں کی ناک میں دم کئے ہوئے تھے۔ عجیب تھا دیور بھابھی کا رشتہ۔ جب ملتے تھے ایک دوسرے کو آڑے ہاتھوں لیتے تھے۔ لڑنے، جھگڑنے، گالی گلوچ کے سوا کوئی بات ہی نہ ہوتی۔ پاپا ان کی لڑائی میں کبھی دخل نہ دیتے تھے۔ وہ جانتے تھے نا کہ ایک روز کی بات ہو تو کوئی بولے بکے بھی، لیکن روز روز کا یہ جھگڑا کون نمٹائے گا؟ اور ویسے بھی سب کچھ ٹھیک ہی تو تھا۔ کیوں کہ اس ساری لے دے کے باوجود ماں ذرا بھی بیمار ہوتی تو ہمیشہ گووند ہی کو یاد کرتی اور بھی تو دیور تھے ماں کے، جن سے اس کا "پائے لاگن" اور "جیتے رہو" کے سوا کوئی رشتہ نہ تھا۔ وہ ماں کو تحفوں کی رشوت بھی دیتے تھے، لیکن کوئی فرق نہیں پڑتا تھا۔ دینا تو ایک طرف گووند چچا تو ماں کو الٹا ٹھگتے ہی رہتے تھے لیکن اس پر بھی وہ اسے سب سے زیادہ سمجھتی تھی اور وہ لے کر الٹا ماں کو یہ احساس دلاتے تھے جیسے اس کی سو پشتوں پر احسان کر رہے ہیں۔ کئی بار ماں نے کہا "گووند اس لئے اچھا ہے کہ اس کے

دل میں کچھ نہیں" اور پاپا ہمیشہ یہی کہتے تھے "دماغ میں بھی کچھ نہیں" اور ماں اس بات پر لڑنے مرنے پر تیار ہو جاتی اور جب وہ گووند چاچا سے اپنی دیورانی کے بارے میں پوچھتی۔ "تم اجتیا کو کیوں نہیں لائے؟" تو جواب یہی ملتا "کیا کروں لا کر؟ تم سے اس کی چوٹی کھنچوانا ہے؟ جلی کٹی سنوانا ہے؟ ماں جواب میں گالیاں دیتی، گالیاں کھاتی اور چاچا کے چلے جانے کے بعد دھاڑیں مار مار کر روتی اور پھر وہی کہاں ہے گووند؟ اسے بلاؤ۔ میرا تو اس گھر میں وہی ہے۔ اپنے پاپا کا کیا پوچھتی ہو؟ وہ تو ہیں بھولے مہیش، گوبر گنیش۔ ان کے تو کوئی بھی کپڑے اتروا لے" اور یہ میں نے ہر جگہ دیکھا ہے، ہر بیوی اپنے میاں کو بہت سیدھا، بہت بے وقوف سمجھتی ہے اور وہ چپ رہتا ہے۔ شاید اسی میں اس کا فائدہ ہے۔

اس دن گووند چاچا ڈائریکٹر جنرل شپنگ کے دفتر میں کام کرنے والے کسی مسٹر سولنکی کی بات کر رہے تھے اور اصرار کر رہے تھے "میری بات آپ کو ماننا پڑے گی۔"

"تم بخس میں ہونا۔" ماں کہہ رہی تھی "اس میں بھی کوئی سوارتھ ہوگا تمہارا۔" اس پر گووند چچا جل بھن گئے۔ انہوں نے چلاتے ہوئے کہا "تم کیا سمجھتی ہو؟ کامنی تمہاری ہی بیٹی ہے، میری نہیں ہے۔" اب مجھے پتہ چلا کہ مسٹر سولنکی کے لڑکے کے ساتھ میرے رشتے کی بات چل رہی ہے اور اس کے بعد کسی کنڈم اسپنڈل کی طرح اور بھی دھاگے کھلنے لگے، جن کا مجھے آج تک پتہ نہ تھا۔ گووند چچا کے منہ میں جھاگ تھی اور وہ بک رہے تھے "تو تو نے اجیتا کے ساتھ میری شادی کر دی۔ میں نے آج تک کبھی چوں چرا ں کی؟ کہتی تھی، میرے مائکے کی ہے، دور کے رشتے سے میرے ماما کی لڑکی ہے یہ۔ بڑی بڑی آنکھیں۔ اب ان آنکھوں کو کہاں رکھوں؟ بولو کہاں رکھوں؟ زندگی کیا آنکھوں سے بتاتے ہیں؟ وہی آنکھیں اب وہ مجھے دکھاتی ہے اور تو اور تجھے بھی دکھاتی ہے۔"

پہلی بار میں نے گووند چاچا کا بریک ڈاؤن دیکھا۔ میں سمجھتی تھی وہ آدرش آدمی ہیں اور اجیتا چاچی سے پیار کرتے ہیں۔ آج یہ راز کھلا کہ ان کے ہاں بچہ کیوں نہیں ہوتا۔ فیملی پلاننگ تو ایک نام ہے۔

ماں نے کہا "کامنی تمہاری بیٹی ہے اسی لئے تو نہیں چاہتی کہ اسے بھی کسی گڑھے میں پھینک دو۔" میرا خیال تھا کہ اس پر اور تو تو میں میں ہو گی اور گووند چاچا بائیں بازو کی پارٹی کی طرح واک آؤٹ کر جائیں گے، لیکن وہ الٹا قسمیں کھانے لگے "تمہاری سوگند بھابی۔ اس سے اچھا لڑکا تمہیں نہ ملے گا۔ وہ بڑودہ کی سنٹرل ریلوے کی ورک شاپ میں فورمین ہے۔ بڑی اچھی تنخواہ پاتا ہے۔"

میں سب کچھ سن رہی تھی اور اندر جھلا رہی تھی۔ ہو نہ لڑکا اچھا ہے، تنخواہ اچھی ہے لیکن شکل کیسی ہے، عقل کیسی ہے، عمر کیا ہے؟ اس کے بارے میں کوئی کچھ کہتا ہی نہیں۔ فورمین بنتے بنتے برسوں لگ جاتے ہیں۔ یہ ہمارا دیس ہے۔ پچاس سال کا مرد بھی بیاہنے آئے تو یہاں کی بولی میں اسے لڑکا ہی کہتے ہیں۔ اس کی صحت کیسی ہے؟ کہیں انٹیلیکچول تو نہیں معلوم ہوتا؟ اسی دم مجھے پرنٹو کا خیال آیا جو اس وقت بیک بے پہ میرا انتظار کر رہا ہو گا اسٹینڈ بائی! جو زندگی بھر اسٹینڈ بائی ہی رہے گا۔ کبھی نہ کھیلے گا۔ اسے کھیلنا آتا ہی نہیں۔ اس میں صبر ہی نہیں۔ پھر مجھے اس غریب پر ترس آنے لگا۔ جی چاہا بھاگ کر اس کے پاس چلی جاؤں۔ اسے تو میں نے دیکھا اور پسند بھی کیا تھا، لیکن اس فورمین کو جو بیک گراونڈ میں کہیں مسکرا رہا تھا۔ پھر جیسے من کے اندھیرے میں مچھر بھنبھناتے ہیں مس گپتا سے مسز سولنکی کہلائی تو کیسی لگوں گی؟ بکواس!

گووند چاچا کہہ رہے تھے "لڑکا تن کا اجلا ہے، من کا اجلا ہے اس کی آتما کتنی اچھی ہے، اس کا اس بات سے پتہ چلتا ہے کہ وہ بچوں سے پیار کرتا ہے۔ بچے اس پر جان دیتے

ہیں، اس کے ارد گرد منڈلاتے ہیں، ہی ہی، ہو ہو، ہاہا کرتے رہتے ہیں اور وہ بھی ان کے ساتھ غی غی، غو غو، غاں غاں" بسمیں اندر کے کسی سفر سے اتنا تھک چکی تھی کہ رات کو مجھے بھیڑیں گننے کی بھی ضرورت نہ پڑی۔ ایک سپاٹ، بے رنگ، بے خواب سی نیند آئی ایسی نیند جو لمبے رت جگوں کے بعد آتی ہے۔

دو ہی دن بعد وہ لڑکا ہمارے گھر پر موجود تھا۔ ارے! یہ سب اندازے کتنے غلط نکلے! وہ ہاکی ٹیم کے سب لڑکوں کیا کھیلنے والے اور کیا اسٹینڈ بائیسب سے زیادہ گبرو، زیادہ جوان تھا۔ اس نے صرف کسرت ہی نہیں کی تھی، آرام بھی کیا تھا۔ اس کا چہرہ اندر کی گرمی سے تمتمایا ہوا تھا۔ رنگ کندنی تھا میری طرح۔ مضبوط دہانہ، مضبوط دانتوں کی باڑھ جیسے بے شمار گنے چوسے ہوں، گاجر، مولیاں کھائی ہوں، شاید کچے شلغم بھی۔ وہ ایک طرف گھبرایا ہوا تھا اور دوسری طرف اپنی گھبراہٹ کو بہادری کی اوٹ میں چھپا رہا تھا۔ آتے ہی اس نے مجھے نمستے کی، میں نے بھی جواب میں نمستے کر ڈالی۔ پھر اس نے ماں کو پرنام کیا۔ جب وہ میری طرف نہ دیکھتا تھا تو میں اسے دیکھ لیتی تھی۔ یہ اچھا ہوا کہ کسی کو پتہ نہ چلا کہ میری ٹانگیں کپکپانے لگی ہیں اور دل دھڑام سے شریر کے اندر ہی کہیں نیچے گر گیا ہے۔ آج کل کی لڑکی ہونے کے ناطے مجھے ہسٹیریا کا ثبوت نہیں دینا تھا، اس لئے ڈٹی رہی۔ بیچ میں مجھے خیال آیا کہ بے کار کی بغاوت کی وجہ سے میں نے تو اپنے بال بھی نہیں بنائے تھے۔

اس کے ساتھ اس کی ماں بھی آئی تھی۔ وہ بچھی جا رہی تھی، جیسے بیٹوں کی شادی سے پہلے مائیں بچھتی ہیں۔ مجھے تو یوں لگا جیسے وہ لڑکا نہیں، اس کی ماں مر مٹی ہے اور جانے مجھ میں اپنے مستقبل کا کیا دیکھ رہی ہے؟ اس کی اپنی صحت بہت خراب تھی اور وہ اپنی کبھی کی خوبصورتی اور تندرستی کی باتیں کر کے اپنے بیٹے کے لئے مجھے مانگ رہی تھی۔ یوں

معلوم ہوتا تھا کہ جیسے اسے اپنی "ماں" پر بھروسہ نہیں وہ بھکارن کہہ رہی تھی۔ لڑکوں کی خوبصورتی کس نے دیکھی ہے؟ لڑکے سب خوبصورت ہوتے ہیں بس اچھے گھر کے ہوں، کماؤ ہوں اور وہ اپنی ماں کی طرف یوں دیکھ رہا تھا جیسے وہ اس کے ساتھ کوئی بہت بڑا ظلم کر رہی ہے۔ میری ماں کے کہنے پر وہ کچھ شرماتا ہوا میرے پاس آکر بیٹھ گیا اور "باتیں کرو" کے حکم پر مجھ سے باتیں کرنے لگا۔

پہلے تو میں چپ رہی۔ پھر جب بولی تو صرف یہ ثابت ہوا کہ میں گونگی نہیں ہوں۔ سفید قمیص، سفید پتلون اور سفید ہی بوٹ پہنے وہ کرکٹ کا کھلاڑی معلوم ہو رہا تھا۔ وہ کیپٹن نہیں تو بیٹس مین ہو گا۔ نہیں بولر بولر، جو تھوڑا پیچھے ہٹ کر آگے آتا ہے اور بڑے زور کے سپن سے گیند کو پھینکتا ہے اور وکٹ صاف اڑ جاتی ہے۔ ہاں بیٹس مین اچھا ہو تو چوکسی کے ساتھ گیند کو باؤنڈری سے بھی پرے پھینک دیتا ہے، نہیں تو خود ہی آؤٹ!

ماں کے اشارے پر میں نے اس سے پوچھا "آپ چائے پئیں گے؟"

"جی؟" اس نے چونک کر کہا اور پھر جیسے میری بات کہیں دھرتی کے پورے کرے کا چکر کاٹ کر اس کے دماغ میں لوٹ آئی اور وہ بولا "آپ پئیں گی؟"

میں ہنس دی "میں نہ پیوں تو کیا آپ نہیں پئیں گے؟"

"آپ پئیں گی تو میں بھی پی لوں گا۔"

میں حیران ہوئی، کہ وہ بھی ایسا ہی تھا جیسے ماں کے سامنے میرے پاپا۔ لیکن ایسا تو بہت بعد میں ہوتا ہے۔ وہ شروع میں ہی ایسا تھا۔

چائے بنانے کے لئے اٹھی تو سامنے آئینے پر میری نظر گئی۔ وہ مجھے جاتے دیکھ رہا تھا۔ میں نے ساڑھی سے اپنے بدن کو چھپایا اور پھر اس بڈھے کے الفاظ یاد آگئے "آج کل

یہاں چور آئے ہوئے ہیں دیکھنا کہیں پولیس ہی نہ پکڑ لے تمہیں"

بس کچھ ہی دن میں میں پکڑی گئی۔ میری شادی ہو گئی۔ میرے گھر کے لوگ یوں تو بڑے آزاد خیال ہیں، لیکن دیدی پر بٹھاتے ہوئے انہوں نے جیسے مجھے بوری میں ڈال رکھا تھا تاکہ میرے ہاتھ پاؤں پر کسی کی نظر بھی نہ پڑے۔ میں پردہ پسند کرتی ہوں، لیکن صرف اتنا جس میں دکھائی بھی دے اور شرم بھی رہے۔ زندگی میں ایک بار ہی تو ہوتا ہے کہ وہ دبے پاؤں آتا ہے اور کانپتے ہوئے ہاتھوں سے اس گھونگھٹ کو اٹھاتا ہے جسے بیچ میں سے ہٹائے بنا پرماتما بھی نہیں ملتا۔

شادی کے ہنگامے میں میں نے تو کچھ نہیں دیکھا کون آیا، کون گیا۔ بس چھوٹے سولنکی میرے من میں سمائے ہوئے تھے۔ میں نے جو بھی کپڑا، جو بھی زیور پہنا تھا، جو بھی افشاں چنی تھی، ان ہی کی نظروں سے دیکھ کر، جیسے میری اپنی نظریں ہی نہ رہی تھیں۔ میں سب سے بچنا، سب سے چھپنا چاہتی تھی تاکہ صرف ایک کے سامنے کھل سکوں، ایک پر اپنا آپ وار سکوں۔ جب برات آئی تو میری سہیلیوں نے بہت کہا، "بالکونی پر آ جاؤ، برات دیکھ لو۔" لیکن میں نے ایک ہی نہ پکڑ لی۔ میں نے ایک روپ دیکھا تھا جس کے بعد کوئی دوسرا روپ دیکھنے کی ضرورت ہی نہ تھی۔

آخر میں نے سسرال کی چوکھٹ پر قدم رکھا۔ سب میرے سواگت کے لئے کھڑے تھے۔ گھر کی سب عورتیں، سب مرد بچوں کی ہنسی سنائی دے رہی تھیں اور وہ مجھے گھونگھٹ میں سے دھندلے دکھائی دے رہے تھے۔ سب رسمیں ادا ہوئیں جیسی ہر شادی میں ہوتی ہیں لیکن جانے کیوں مجھے ایسا لگتا تھا جیسے میری شادی اور ہے، میرا گھونگٹ اور، میرا بر اور۔ گھر کے اشٹ دیو کو ماتھا ٹکانے کے بعد میری ساس مجھے اپنے کمرے میں لے گئی تاکہ میں اپنے سسر کے پاؤں چھوؤں، ان کے چرنوں کو ہاتھ لگایا۔

انھوں نے میرے سر پر ہاتھ رکھا اور بولے "سو تم آ گئیں بیٹی؟"

میں نے تھوڑا چونک کر اس آواز کے مالک کی طرف دیکھا اور ایک بار پھر ان کے قدموں پر سر رکھ دیا۔ کچھ اور بھی آنسو ہوتے تو میں ان قدموں کو دھو دھو کر پیتی۔

(۲) گرہن

روپو، شبو، کتھو اور منا۔۔۔ ہولی نے اساڑھی کے کائستھوں کے چار بچے دیئے تھے اور پانچواں چند مہینوں میں جننے والی تھی۔ اس کی آنکھوں کے گرد گھرے، سیاہ حلقے پڑنے لگے، گالوں کی ہڈیاں ابھر آئیں اور گوشت ان میں پچک گیا۔ وہ ہولی جسے پہل پہل میا پیار سے چاند رانی کہہ کر پکارا کرتی تھی اور جس کی صحت اور سندرتا کا رسیلا حاسد تھا، گرے ہوئے پتے کی طرح زرد اور پژمردہ ہو چکی تھی۔ آج رات چاند گرہن تھا۔ سر شام چاند گرہن کے زمرہ میں داخل ہو جاتا ہے ہولی کو اجازت نہ تھی کہ وہ کپڑا اپھاڑ سکے۔۔۔ پیٹ میں بچے کے کان پھٹ جائیں گے، وہ سی نہ سکتی تھی۔۔۔ منہ سلا بچہ پیدا ہو گا۔ اپنے میکے خط نہ لکھ سکتی تھی۔۔۔ اس کے ٹیڑھے میڑے حروف بچے کے چہرے پر لکھے جائیں گے اور اپنے میکے خط لکھنے کا اسے بڑا چاؤ تھا۔ میکے کا نام آتے ہی اس کا تمام جسم ایک نامعلوم جذبے سے کانپ اٹھتا۔ وہ میکے تھی تو اسے سسرال کا کتنا چاؤ تھا۔ لیکن اب وہ سسرال سے اتنی سیر ہو چکی تھی کہ وہاں سے بھاگ جانا چاہتی تھی۔ اس بات کا اس نے کئی مرتبہ تہیہ بھی کر لیا لیکن ہر دفعہ ناکام رہی۔ اس کا میکہ اساڑھی گاؤں سے پچیس میل کے فاصلے پر تھا۔ سمندر کے کنارے ہر پھول بندر پر شام کے وقت اسٹیمر لانچ مل جاتا تھا اور ساحل کے ساتھ ساتھ ڈیڑھ دو گھنٹے کی مسافت کے بعد اس کے میکے گاؤں کے بڑے مندر کے زنگ خوردہ کلس دکھائی دینے لگتے۔ آج شام ہونے سے پہلے روٹی، چوکا برتن کے کام سے فارغ ہونا تھا میا کہتی تھی گرہن سے پہلے روٹی وغیرہ کھا لینی چاہئے ورنہ ہر حرکت پیٹ میں بچے کے جسم و تقدیر پر اثر انداز ہوتی ہے۔ گویا وہ بد زیب، فراخ نتھنوں والی ہٹیلی میا اپنی بہو حمیدہ بانو کے

پیٹ سے کسی اکبر اعظم کی متوقع ہے۔ چار بچوں تین مردوں، دو عورتوں، چار بھینسوں پر مشتمل بڑا کنبہ اور اکیلی ہولی۔۔۔ دوپہر تک تو ہولی برتنوں کا انبار صاف کرتی رہی۔ پھر جانوروں کے لئے بنولے، کھلی اور چنے بھگونے چلی۔ حتیٰ کہ اس کے کولہے درد سے پھٹنے لگے اور بغاوت پسند بچہ پیٹ میں اپنی بضاعت مگر ہولی کو تڑپا دینے والی حرکتوں سے احتجاج کرنے لگا۔ ہولی شکست کے احساس سے چوکی پر بیٹھ گئی لیکن وہ بہت دیر تک چوکی یا فرش پر بیٹھے کے قابل نہ تھی اور پھر میا کے خیال کے مطابق چوڑی چکلی چوکی پر بہت دیر بیٹھنے سے بچے کا سر چپٹا ہو جاتا ہے۔ مونڈھا ہو تو اچھا ہے۔ کبھی کبھی ہولی میا اور کائستھوں کی آنکھ بچا کر گھاٹ پر سیدھی پڑ جاتی اور ایک شکم پر کتیا کی طرح ٹانگوں کو اچھی طرح پھیلا کر جماہی لیتی اور پھر اسی وقت کانپتے ہوئے ہاتھ سے اپنے ننھے سے دوزخ کو سہلانے لگتی۔ یہ خیال کرنے سے کہ وہ سیتل کی بیٹی ہے، وہ اپنے آپ کو روک نہ سکتی تھی۔ سیتل سارنگ دیو گرام کا ایک متمول ساہوکار تھا اور سارنگ دیو گرام کے نواح میں بیس گاؤں کے کسان اس سے بیاج پر روپیہ لیتے تھے، اس کے باوجود اسے کائستھوں کو تو بچے چاہئیں، ہولی جہنم میں جائے۔ گویا سارے گجرات میں یہ کائستھ کل ودھو کا صحیح مطلب سمجھتے تھے۔ ہر سال ڈیڑھ سال بعد وہ ایک نیا کیڑا گھر میں رینگتا ہوا دیکھ کر خوش ہوتے تھے اور بچے کی وجہ سے کھایا پیا ہولی کے جسم پر اثر انداز نہیں ہوتا تھا۔ شاید اسے روٹی بھی اسی لئے دی جاتی تھی کہ پیٹ میں بچہ مانگتا ہے اور اسی لئے اسے حمل کے شروع میں چاٹ اور اب پھل آزادانہ دیئے جاتے تھے۔ "دیور ہے تو الگ پیٹ لیتا ہے۔" ہولی سوچتی تھی۔ "اور ساس کے کوسنے، مار پیٹ سے کہیں برے ہیں اور بڑے کائستھ جب ڈانٹنے لگتے ہیں تو پاؤں تلے سے زمین نکل جاتی ہے۔ ان سب کو بھلا میری جان لینے کا کیا حق ہے؟ رسیلا کی بات تو دوسری ہے۔ شاستروں نے اسے پرماتما کا درجہ دیا ہے، وہ جس چھری سے مارے اس چھری کا

بھلا!۔۔۔ لیکن کیا شاستر کسی عورت نے بنائے ہیں؟ اور میا کی بات ہی علیحدہ ہے۔۔۔ شاستر کسی عورت نے لکھے ہوتے تو وہ اپنی ہم جنس پر اس سے بھی زیادہ پابندیاں عائد کرتی۔۔۔"۔۔۔ راہو اپنے نئے بھیس میں نہایت اطمینان سے امرت پی رہا تھا چاند اور سورج نے وشنو مہاراج کو اس کی اطلاع دی اور بھگوان نے سدرشن سے راہو کے دو ٹکڑے کر دیئے۔ اس کا سر اور دھڑ دونوں آسمان پر جا کر راہو اور کیتو بن گئے۔ سورج اور چاند دونوں اس کے مقروض ہیں۔ اب وہ ہر سال دو مرتبہ چاند اور سورج سے بدلہ لیتے ہیں اور ہولی سوچتی تھی، بھگوان کے کھیل بھی نیارے ہیں۔۔۔ اور راہو کی شکل کیسی عجیب ہے۔ ایک کالا سارا کش، شیر پر چڑھا ہوا دیکھ کر کتنا ڈر آتا ہے۔ رسیلا بھی تو شکل سے راہو ہی دکھائی دیتا ہے۔ منا کی پیدائش پر ابھی چالیسواں بھی نہ نہائی تھی تو آموجود ہوا۔۔۔ کیا مجھے بھی اس کا قرضہ دینا ہے؟ اس وقت ہولی کے کانوں میں ماں بیٹے کے آنے کی بھنک پڑی۔ ہولی نے دونوں ہاتھ سے پیٹ کو سنبھالا اور اٹھ کھڑی ہوئی اور جلدی سے توے کو دھیمی دھیمی آنچ پر رکھ دیا۔ اب اس میں جھکنے کی تاب نہ تھی کہ پھونکیں مار کر آگ جلا سکے۔ اس نے کوشش بھی کی لیکن اس کی آنکھیں پھٹ کر باہر آنے لگیں۔ رسیلا ایک نیا مرمت کیا ہوا چھاج ہاتھ میں لئے اندر داخل ہوا۔ اس نے جلدی سے ہاتھ دھوئے اور منہ میں کچھ بڑبڑانے لگا۔ اس کے پیچھے میا آئی اور آتے ہی بولی "بہو۔۔۔ اناج رکھا ہے کیا؟" ہولی ڈرتے ڈرتے بولی "ہاں ہاں۔۔۔ رکھا ہے۔۔۔ نہیں رکھا، یاد آیا بھول گئی تھی میا۔۔۔" "تو بیٹھی کیا کر رہی ہے، نباب جادی؟" ہولی نے رحم جویانہ نگاہوں سے رسیلے کی طرف دیکھا اور بولی "جی، مجھ سے اناج کی بوری ہلائی جاتی ہے کہیں؟" میا لاجواب ہو گئی۔ اور یوں بھی اسے ہولی کی نسبت اس کے پیٹ میں بچے کی زیادہ پرواہ تھی۔ شاید اسی لئے ہولی کی آنکھوں میں آنکھیں ڈالتے ہوئے بولی۔ "تو نے سرمہ کیوں لگایا ہے ری؟"۔۔۔۔ رانڈ، جانتی بھی

ہے آج گہن ہے جو بچہ اندھا ہو جائے تو تیری ایسی بیسوا اسے پالنے چلے گی؟" ہولی چپ ہو گئی اور نظریں زمین پر گاڑے ہوئے منہ میں بڑبڑائے گئی اور سب کو ہو جائے لیکن رانڈ کی گالی اس کی برداشت سے باہر تھی۔ اسے بڑبڑاتے دیکھ کر میا اور بھی بکتی جھکتی چابیوں کا گچھا تلاش کرنے لگی۔ ایک میلے شمع دان کے قریب سرمہ پیسنے کا کھرل رکھا ہوا تھا، اس میں سے چابیوں کا گچھا نکال کر وہ بھنڈار کی طرف چلی گئی۔ رسیلے نے ایک پر ہوس نگاہ سے ہولی کی طرف دیکھا۔ اس وقت ہولی اکیلی تھی۔ رسیلے نے آہستہ سے آنچل کو چھوا۔ ہولی نے ڈرتے ڈرتے دامن جھٹک دیا اور اپنے دیور کو آوازیں دینے لگی۔ گویا دوسرے آدمی کی موجودگی چاہتی ہے۔ اس کیفیت میں مرد کو ٹھکرا دینا معمولی بات نہیں ہوتی۔ رسیلا آواز کو چباتے ہوئے بولا۔ "میں پوچھتا ہوں بھلا اتنی جلدی کاہے کی تھی؟"۔ "جلدی کیسی؟" رسیلا پیٹ کی طرف اشارہ کرتے ہوئے بولا "یہی۔۔۔ تم بھی تو کتیا ہو کتیا؟" ہولی سہم کر بولی۔ "تو اس میں میرا کیا قصور ہے؟" ہولی نے نادانستگی میں رسیلے کو وحشی، بدچلن، ہوس راں سبھی کچھ کہہ دیا۔ چوٹ سیدھی پڑی۔ رسیلے کے پاس اس بات کا کوئی جواب نہ تھا۔ لاجواب آدمی کا جواب چپت ہوتی ہے اور دوسرے لمحے میں انگلیوں کے نشان ہولی کے گالوں پر دکھائی دینے لگے۔ اس وقت میا ماش کی ایک ٹوکری اٹھائے ہوئے بھنڈار کی طرف سے آئی اور بہو سے بدسلوکی کرنے کی وجہ سے بیٹے کو جھڑکنے لگی۔ ہولی کو رسیلے پر تو غصہ نہ آیا۔ البتہ میا کی اس عادت سے جل بھن گئی۔۔۔ "رانڈ، آپ مارے تو اس سے بھی جیادہ، اور جو بیٹا کچھ کہے تو ہمدردی جتاتی ہے، بڑی آئی ہے۔۔۔" ہولی سوچتی تھی کل رسیلا نے اس لئے مارا تھا کہ میں نے اسکی بات کا جواب نہیں دیا اور آج اس لئے مارا کہ میں نے بات کا جواب دیا ہے۔ میں جانتی ہوں وہ مجھ سے کیوں ناراض ہے۔ کیوں گالیاں دیتا ہے۔ میرے کھانے پکانے، اٹھنے بیٹھنے میں اسے کیوں سلیقہ نہیں دکھائی دیتا۔۔۔ اور میری یہ حالت ہے کہ ناک میں دم آ

چکا ہے۔ مرد عورت کو مصیبت میں مبتلا کر کے آپ الگ ہو جاتے ہیں، یہ مرد۔۔۔! میا نے کچھ باسمتی، دالیں اور نمک وغیرہ رسوئی میں بکھرا دیا اور پھر ایک بھیگی ہوئی ترازو میں اسے تولنے لگی۔ ترازو گیلی تھی، یہ میا بھی دیکھ رہی تھی اور جب باس متی چال پیندے سے چمٹ گئے تو بہو مرتی کرتی پھوہڑ ہو گئی اور آپ اتنی سگھڑ کہ نئے دوپٹے سے پیندا صاف کرنے لگی۔ جب بہت میلا ہو گیا تو دوپٹے کو سر پر سے اتار کر ہولی کی طرف پھینک دیا اور بولی۔ "لے، دھو ڈال۔" اب ہولی نہیں جانتی بچاری کہ وہ روٹیاں پکائے یا دوپٹہ دھوئے، بولے یا نہ بولے، ہلے یا نہ ہلے، وہ کتیا یا نباب جادی۔ اس نے دوپٹہ دھونے ہی میں مصلحت سمجھی۔ اس وقت چاند، گرہن کے زمرے میں داخل ہونے والا ہی ہو گا۔ بچہ دھلے ہوئے کپڑے کی طرح چرمڑ سا پیدا ہو گا اور اگر ماہ دو ماہ بعد بچے کا برا سا چہرہ دیکھ کر اسے کوسا جائے تو اس میں ہولی کا کیا قصور ہے؟۔۔۔ لیکن قصور اور بے قصوری کی تو بات ہی علیحدہ ہے کیونکہ یہ کوئی سننے کے لئے تیار نہیں کہ اس میں ہولی کا گناہ کیا ہے، سب گناہ ہولی کا ہے۔ اسی وقت ہولی کو سارنگ دیورام یاد آ گیا، کس طرح وہ اسوج کے شروع میں دوسری عورتوں کے ساتھ گربا ناچا کرتی تھی اور بھابی کے سر پر رکھے ہوئے گھڑے کے سوراخوں میں سے روشنی پھوٹ پھوٹ کر دالان کے چاروں کونوں کو منور کر دیا کرتی تھی۔ اس وقت سب عورتیں اپنے حنا بالیدہ ہاتھوں سے تالیاں بجایا کرتی تھیں اور گایا کرتی تھیں؛ ماہندی تو اوی مالوے انیو رنگ گیو گجرات رے ماہندی رنگ لاگیو رے ☆ اس وقت وہ ایک اچھلنے کودنے والی الہڑ چھوکری تھی، ایک بحر و قافیہ سے آزاد نظم، جو چاہتی تھی، پورا ہو جاتا تھا، گھر میں سب سے چھوٹی تھی۔ نباب جادی تو نہ تھی اور اس کی سہیلیاں۔۔۔ وہ بھی اپنے اپنے قرض خواہوں کے پاس جا چکی ہوں گی۔ سارنگ دیو گرام میں گرہن کے موقع پر جی کھول کر دان پن کیا جاتا ہے۔ عورتیں اکٹھی ہو کر تردیدی گھاٹ پر اشنان کے لئے چلی جاتی ہیں، پھول، ناریل،

بتاشے سمندر بہاتی ہیں۔ پانی کی ایک اچھال منہ کھولے ہوئے آتی ہے اور سب پھول پتوں کو قبول کر لیتی ہے۔ ان گناہوں کے جن کا ارتکاب لوگ گزشتہ سال کرتے رہے ہیں اشنان سے سب پاپ دھل جاتے ہیں۔ بدن اور روح پاک ہو جاتے ہیں۔ سمندر کی لہر لوگوں کے سب گناہوں کو بہا کر دور، بہت دور، ایک نامعلوم، ناقابل عبور، ناقابل پیمائش سمندر میں لے جاتی ہے۔۔۔ ایک سال بعد پھر لوگوں کے بدن گناہوں سے آلودہ ہو جاتے ہیں، پھر گہنا جاتے ہیں۔ پھر دریا کی ایک لہر آتی ہے اور پھر پاک و صاف۔ جب گرہن شروع ہوتا ہے اور چاند کی نورانی عصمت پر داغ لگ جاتا ہے تو چند لمحات کے لئے چاروں طرف خاموشی اور پھر رام نام کا جاپ شروع ہو جاتا ہے پھر گھنٹے، ناقوس، سنکھ ایک دم بجنے لگتے ہیں۔ اس شور و غوغا میں اشنان کے بعد سب مرد عورتیں جمگھٹے کی صورت میں گاتے بجاتے ہوئے گاؤں واپس لوٹتے ہیں۔ گرہن کے دوران غریب لوگ بازاروں اور گلی کوچوں میں دوڑتے ہیں۔ لنگڑے بیساکھیاں گھماتے ہوئے اپنی اپنی جھولیاں اور کشکول تھامے پلیگ کے چوہوں کی طرح ایک دوسرے پر گرتے پڑتے بھاگتے چلے جاتے ہیں کیونکہ راہو اور کیتو نے خوبصورت چاند کو اپنی گرفت میں پوری طرح سے جکڑ لیا ہے۔ نرم دل ہندو دان دیتا ہے تاکہ غریب چاند کو چھوڑ دیا جائے اور دان لینے کے لئے بھاگنے والے بھکاری چھوڑ دو، چھوڑ دو، دان کا وقت ہے۔ چھوڑ دو کا شور مچاتے ہوئے میلوں کی مسافت طے کر لیتے ہیں۔ چاند گرہن کے زمرے میں آنے والا ہی تھا۔ ہولی نے بچوں کو بڑے کائستھ کے پاس چھوڑا۔ ایک میلی کچیلی دھوتی باندھی اور عورتوں کے ساتھ ہر پھول بندر کی طرف اشنان کے لئے چلی۔ اب میا، رسیلا، بڑا لڑکا شبو اور ہولی سب سمندر کی طرف جا رہے تھے۔ ان کے ہاتھ میں پھول تھے، گجرے تھے اور آم کے پتے تھے اور بڑی اماں کے ہاتھ میں رودرکش کی مالا کے علاوہ مشک کافور تھا جسے وہ جلا کر پانی کی لہروں میں بہا دینا چاہتی تھی تاکہ مرنے کے بعد

سفر میں ان کا راستہ روشن ہو جائے اور ہولی ڈرتی تھی۔۔۔ کیا اس کے گناہ سمندر کے پانی سے دھل جائیں گے؟ سمندر کے کنارے، گھاٹ سے پون میل کے قریب، ایک لانچ کھڑی تھی۔ وہ جگہ ہر پھول بندر کا ایک حصہ تھی، بندر کے چھوٹے سے ناہموار ساحل اور ایک مختصر سے ڈاک پر کچھ ٹینڈل غروب آفتاب میں روشنی اور اندھیرے کی کشمکش کے خلاف ننھے بے بضاعت سے خاکے بنا رہے تھے اور لانچ کے کسی کیبن سے ایک ہلکی سی ٹمٹماتی ہوئی روشنی سیماب دار پانی کی لہروں پر ناچ رہی تھی۔ اس کے بعد ایک چرخی سی گھومتی ہوئی دکھائی دی۔ چند ایک دھندلے سے سائے ایک اژدھا نمار سے کو کھینچنے لگے۔ آٹھ بجے اسٹیمر لانچ کی آخری سیٹی تھی۔ پھر وہ سارنگ دیو گرام کی طرف روانہ ہو گا۔ اگر ہولی اس پر سوار ہو جائے تو پھر ڈیڑھ دو گھنٹے میں وہ چاندنی میں نہاتے ہوئے گویا صدیوں سے آشنا کلس دکھائی دینے لگیں۔۔۔ اور پھر وہی اماں۔۔۔ کنوارپن اور گربا ناچ! ہولی نے ایک نظر سے شبو کی طرف دیکھا۔ شبو حیران تھا کہ اس کی ماں نے اتنی بھیڑ میں جھک کر اس کا منہ کیوں چوما اور گرما گرما قطرہ کہاں سے اس کے گالوں پر آپڑا۔ اس نے آگے بڑھ کر رسیلے کی انگلی پکڑ لی۔ اب گھاٹ آچکا تھا جہاں سے مرد اور عورتیں علیحدہ ہوتی تھیں۔ ہمیشہ کے لئے نہیں، فقط چند گھنٹوں کے لئے۔۔۔ اسی پانی کی گواہی میں وہ اپنے مردوں سے باندھ دی گئی تھیں۔ پانی بھی کیا پراسرار و بعید الفہم طاقت ہے۔ اور دور سے لانچ کی ٹمٹماتی ہوئی روشنی ہولی تک پہنچ رہی تھی۔ ہولی بھاگنا چاہا مگر وہ بھاگ بھی تو نہ سکتی تھی۔ اس نے اپنی ہلکی سی دھوتی کو کس کر باندھا۔۔۔ دھوتی نیچے کی طرف ڈھلک جاتی تھی۔ آدھ گھنٹے میں وہ لانچ کے سامنے کھڑی تھی۔ لانچ کے سامنے نہیں۔۔۔ سارنگ دیو گرام کے سامنے۔۔۔ وہ کلس، مندر کے گھنٹے، لانچ کی سیٹی، اور ہولی کو یاد آیا کہ اس کے پاس تو ٹکٹ کے لئے بھی پیسے نہیں ہیں۔ وہ کچھ عرصے تک لانچ کے ایک کونے میں بدحواس ہو کر بیٹھی رہی۔ پونے

آٹھ کے قریب ایک ٹینڈ آیا اور ہولی سے ٹکٹ مانگنے لگا۔ ٹکٹ نہ پانے پر وہ خاموشی سے وہاں سے ٹل گیا۔ کچھ دیر بعد ملازموں کو سرگوشیاں سنائی دینے لگیں۔۔۔ پھر اندھیرے میں خفیف سے ہنسنے اور باتیں کرنے کی آوازیں آنے لگیں۔ لوئی کوئی لفظ ہولی کے کان میں بھی پڑ جاتا۔۔۔ مرغی۔۔۔ دولے۔۔۔ چابیاں میرے پاس ہیں۔۔۔ پانی زیادہ ہو گا۔۔۔ اس کے بعد چند وحشیانہ قہقہے بلند ہوئے اور کچھ دیر بعد تین چار آدمی ہولی کو لانچ کے ایک تاریک کونے کی طرف دھکیلنے لگے۔ اسی وقت آبکاری کا ایک سپاہی لانچ میں وارد ہوا، عین جب کہ دنیا ہولی کی آنکھوں میں تاریک ہو رہی تھی، ہولی کی امید کی ایک شعاع دکھائی دی۔ وہ سپاہی سارنگ دیو گرام کا ہی ایک چھوکرا تھا اور میکے کے رشتے سے بھائی تھا۔ چھ سال ہوئے وہ بڑی امنگوں کیساتھ گاؤں سے باہر نکلا تھا اور سابرمتی پھاند کر کسی نامعلوم دیس کو چلا گیا۔ کبھی کبھی مصیبت کے وقت انسان کے حواس بجا ہو جاتے ہیں۔ ہولی نے سپاہی کو آواز سے پہچان لیا۔ اور کچھ دلیری سے بولی۔ "کتھو رام۔" کتھو رام نے بھی سیتل کی چھوکری کی آواز پہچان لی۔ بچپن میں وہ اس کے ساتھ کھیلا تھا۔ کتھو رام بولا۔ "ہولی۔" ہولی یقین سے معمور مگر بھرائی ہوئی آواز میں بولی "کتھو بھیا۔۔۔ مجھے سارنگ دیو گرام پہنچا دو۔" کتھو رام قریب آیا۔ ایک ٹینڈل کو گھورتے ہوئے بولا۔ "سارنگ دیو جاؤ گی ہولی؟" اور پھر سامنے کھڑے ہوئے آدمی سے مخاطب ہوتے ہوئے بولا۔ "تم نے اسے یہاں کیوں رکھا ہے بھائی؟" ٹینڈل جو سب سے قریب تھا بولا۔ "بچاری کوئی دکھیا ہے۔ اس کے پاس تو ٹکٹ کے پیسے بھی نہیں تھے۔ ہم سوچ رہے تھے، ہم اس کی کیا مدد کر سکتے ہیں؟" کتھو رام نے ہولی کو ساتھ لیا اور لانچ سے نیچے اتر آیا۔ ڈاک پر ڈاک قدم رکھتے ہوئے بولا۔ "ہولی۔۔۔ کیا تم اساڑھی سے بھاگ آئی ہو؟" "ہاں "۔ "یہ سریچھ جادیوں کا کام ہے؟۔۔۔ اور جو میں کائستھوں کو خبر کر دوں تو۔" ہولی ڈر سے کانپنے لگی۔ وہ نہ تو نباب

جادی تھی اور نہ سریپچھ جادی۔ اس جگہ اور ایسی حالت میں وہ کتھورام کو کچھ کہہ بھی نہ سکتی تھی۔ وہ اپنی کمزوری کو محسوس کرتی ہوئی خاموشی سے سمندر کی لہروں کے تلاطم کی آوازیں سننے لگی۔ پھر اس کے سامنے لانچ کے رسے ڈھیلے کئے گئے۔ ایک ہلکی سی وسل ہوئی اور ہولے ہولے سارنگ دیو گرام ہولی کی نظروں سے اوجھل ہو گیا۔ اس نے ایک دفعہ پیچھے کی جانب دیکھا۔ لانچ کی ہلکی سی روشنی میں اسے جھاگ کی ایسی لمبی سی لکیر لانچ کا پیچھا کرتی ہوئی دکھائی دی۔ کتھورام بولا "ڈرو نہیں ہولی۔۔۔ میں تمہاری ہر ممکن مدد کروں گا۔ یہاں سے کچھ دور ناؤ پڑتی ہے۔ پو پھٹے لے چلوں گا۔ یوں گھبراؤ نہیں۔ رات کی رات سرائے میں آرام کر لو۔" کتھورام ہولی کو سرائے میں لے گیا۔ سرائے کا مالک بڑی حیرت سے کتھورام اور اس کے ساتھی کو دیکھتا رہا۔ آخر جب وہ نہ رہ سکا تو اس نے کتھورام سے نہایت آہستہ آواز میں پوچھا۔ "یہ کون ہیں؟" کتھورام نے آہستہ سے جواب دیا۔ "میری پتنی ہے۔" ہولی کی آنکھیں پتھرانے لگیں۔ ایک دفعہ اس نے اپنے پیٹ کو سہارا دیا اور دیوار کا سہارا لے کر بیٹھ گئی۔ کتھورام نے سرائے میں ایک کمرہ کرائے پر لیا۔ ہولی نے ڈرتے ڈرتے اس کمرے میں قدم رکھا۔ کچھ دیر بعد کتھورام اندر آیا تو اس کے منہ سے شراب کی بو آ رہی تھی۔۔۔ سمندر کی ایک بڑی بھاری اچھال آئی۔ سب پھول، بتاشے، آم کی ٹہنیاں، گجرے اور جلتا ہوا مشک کافور بہا کر لے گئی۔ اس کے ساتھ ہی انسان کے مہیب ترین گناہ بھی لپیٹی گئی، دور، بہت دور، ایک نامعلوم، ناقابل عبور، ناقابل پیمائش سمندر کی طرف۔۔۔ جہاں تاریکی ہی تاریکی تھی۔۔۔ پھر سنکھ بجنے لگے۔ اس وقت سرائے میں سے کوئی عورت نکل کر بھاگی، سرپٹ، بگٹٹ۔۔۔ وہ گرتی تھی، بھاگتی تھی، پیٹ پکڑ کر بیٹھ جاتی، ہانپتی اور دوڑنے لگتی۔۔۔ اس وقت آسمان پر چاند پورا گہنا چکا تھا۔ راہو اور کیتو نے جی بھر کر قرضہ وصول کیا تھا۔ دو دھندلے سے سائے عورت کی مدد کے لئے سراسیمہ ادھر ادھر دوڑ رہے

تھے۔۔۔ چاروں طرف اندھیرا ہی اندھیرا تھا اور دور، اساڑھی سی ہلکی ہلکی آوازیں آ رہی تھیں۔۔۔ دان کا وقت ہے۔۔۔ چھوڑ دو۔۔۔ چھوڑ دو۔۔۔ چھوڑ دو۔۔۔ ہر پھول بندر سے آواز آئی۔ پکڑ لو۔۔۔ پکڑ لو۔۔۔ پکڑ لو۔۔۔ چھوڑ دو۔۔۔ دان کا وقت ہے۔۔۔ پکڑ لو۔۔۔ چھوڑ دو!!

(۳) بھولا

میں نے مایا کو پتھر کے ایک کوزے میں مکھن رکھتے دیکھا۔ چھاچھ کی کھٹاس کو دور کرنے کے لئے مایا نے کوزے میں پڑے ہوئے مکھن کو صاف پانی سے کئی بار دھویا۔ اس طرح مکھن کے جمع کرنے کی کوئی خاص وجہ تھی۔ ایسی بات عموماً مایا کے کسی عزیز کی آمد کا پتہ دیتی تھی۔ ہاں ! اب مجھے یاد آیا۔ دو دن کے بعد مایا کا بھائی اپنی بیوہ بہن سے راکھی بندھوانے کے لئے آنے والا تھا۔ یوں تو اکثر بہنیں بھائیوں کے ہاں جا کر انہیں راکھی باندھتی ہیں مگر مایا کا بھائی اپنی بہن اور بھانجے سے ملنے کے لئے خود ہی آجایا کرتا تھا اور راکھی بندھوالیا کرتا تھا۔ راکھی بندھوا کر وہ اپنی بیوہ بہن کو یہی یقین دلاتا تھا کہ اگرچہ اس کا سہاگ لٹ گیا ہے مگر جب تک اس کا بھائی زندہ ہے، اس کی رکھشا، اس کی حفاظت کی ذمہ داری اپنے کندھوں پر لیتا ہے۔ ننھے بھولے نے میرے اس خیال کی تصدیق کر دی۔ گنا چوستے ہوئے اس نے کہا:

"بابا! پرسوں ماموں جی آئیں گے نا۔۔۔؟" میں نے اپنے پوتے کو پیار سے گود میں اٹھالیا۔ بھولے کا جسم بہت نرم و نازک تھا اور اس کی آواز بہت سریلی تھی۔ جیسے کنول کی پتیوں کی نزاکت اور سپیدی گلاب کی سرخی اور بلبل کی خوش الحانی کو اکٹھا کر دیا گیا ہو۔ اگرچہ بھولا میری لمبی اور گھنی داڑھی سے گھبرا کر مجھے اپنا منہ چومنے کی اجازت نہ دیتا تھا۔ تاہم میں نے زبردستی اس کے سرخ گالوں پر پیار کی مہر ثبت کر دی۔ میں نے مسکراتے ہوئے کہا: "بھولے۔۔۔ تیرے ماموجی۔۔۔ تیری ماتاجی کے کیا ہوتے ہیں؟"

بھولے نے کچھ تامّل کے بعد جواب دیا۔ "ماموں جی!" مایا نے استوتر پڑھنا چھوڑ دیا اور کھکھلا کر ہنسنے لگی۔ میں اپنی بہو کے اس طرح کھل کر ہنسنے پر دل ہی دل میں بہت خوش ہوا۔ مایا بیوہ تھی اور سماج اسے اچھے کپڑے پہننے اور خوشی کی بات میں حصہ لینے سے بھی روکتا تھا میں نے بارہا مایا کو اچھے کپڑے، پہننے، ہنسنے کھیلنے کی تلقین کرتے ہوئے سماج کی پروانہ کرنے کے لئے کہا تھا۔ مگر مایا نے از خود اپنے آپ کو سماج کے روح فرسا احکام کے تابع کر لیا تھا۔ اس نے اپنے تمام اچھے کپڑے اور زیورات کی پٹاری ایک صندوق میں مقفل کر کے چابی ایک جوہڑ میں پھینک دی تھی۔ مایا نے ہنستے ہوئے اپنا پاٹھ جاری رکھا۔ ہری ہر ہری ہر، ہری ہر، ہری میری بار دیر کیوں اتنی کری پھر اس نے اپنے لال کو پیار سے بلاتے ہوئے کہا:

"بھولے۔۔۔ تم ننھی کے کیا ہوتے ہو؟" "اسی طرح تیرے ماموں جی میرے بھائی ہیں۔" بھولا یہ بات نہ سمجھ سکا کہ ایک شخص کس طرح ایک ہی وقت میں کسی کا بھائی اور کسی کا ماموں ہو سکتا ہے۔ وہ تو اب تک یہی سمجھتا آیا تھا کہ اس کے ماموں جان اس کے بابا جی کے بھی ماموں جی ہیں۔ بھولے نے اس مخمصے میں پڑنے کی کوشش نہ کی اور اچک کر ماں کی گود میں جا بیٹھا اور اپنی ماں سے گیتا سننے کے لئے اصرار کرنے لگا۔ وہ گیتا محض اس وجہ سے سنتا تھا کہ وہ کہانیوں کا شوقین تھا اور گیتا کے ادھیائے کے آخر میں مہاتم سن کر وہ بہت خوش ہوتا۔ اور پھر جوہڑ کے کنارے اگی ہوئی دوب کی مخملی تلواروں میں بیٹھ کر گھنٹوں ان مہاتموں پر غور کیا کرتا۔ مجھے دوپہر کو اپنے گھر سے چھ میل دور اپنے مزارعوں کو بل پہنچانے تھے۔ بوڑھا جسم، اس پر مصیبتوں کا مارا ہوا، جوانی کے عالم میں تین تین من بوجھ اٹھا کر دوڑا کیا۔ مگر اب بیس سیر بوجھ کے نیچے گردن چٹخنے لگتی ہے۔ بیٹے کی موت نے امید کو یاس میں تبدیل کر کے کمر توڑ دی تھی۔ اب میں بھولے کے

سہارے ہی جیتا تھا ورنہ دراصل تو مر چکا تھا۔ رات کو میں تکان کی وجہ سے بستر پر لیٹتے ہی اونگھنے لگا۔ ذرا توقف کے بعد مایا نے مجھے دودھ کے لئے آواز دی۔ میں اپنی بہو کی سعادت مندی پر دل ہی دل میں بہت خوش ہوا اور اسے سینکڑوں دعائیں دیتے ہوئے میں نے کہا:

"مجھ بوڑھے کی اتنی پرواہ نہ کیا کرو بیٹا۔"۔۔۔

بھولا ابھی تک نہ سویا تھا۔ اس نے ایک چھلانگ لگائی اور میرے پیٹ پر چڑھ گیا۔ بولا: "باباجی! آپ آج کہانی نہیں سنائیں گے کیا؟" "نہیں بیٹا۔" میں نے آسمان پر نکلے ہوئے ستاروں کو دیکھتے ہوئے کہا۔ "میں آج بہت تھک گیا ہوں۔۔۔ کل دوپہر کو تمہیں سناؤں گا۔" بھولے نے روٹھتے ہوئے جواب دیا۔ میں تمہارا بھولا نہیں بابا۔ میں ماتاجی کا بھولا ہوں۔ بھولا بھی جانتا تھا کہ میں نے اس کی ایسی بات کبھی برداشت نہیں کی۔ میں ہمیشہ اس سے یہی سننے کا عادی تھا کہ "بھولا باباجی کا ہے اور ماتاجی کا نہیں۔" مگر اس دن ہلوں کو کندھوں پر اٹھا کر چھے میل تک لے جانے اور پیدل ہی واپس آنے کی وجہ سے میں بہت تھک گیا تھا۔ شاید میں اتنا نہ تھکتا اگر میرا نیا جوتا ایڑی کو نہ دباتا اور اس وجہ سے میرے پاؤں میں ٹیسیں نہ اٹھتیں۔ اس غیر معمولی تھکن کے باعث میں نے بھولے کی وہ بات بھی برداشت کی۔ میں آسمان پر ستاروں کو دیکھنے لگا۔ آسمان کے جنوبی گوشے میں ایک ستارہ مشعل کی طرح روشن تھا۔ غور سے دیکھنے پر وہ مدھم سا ہونے لگا۔ میں اونگھتے اونگھتے سو گیا۔ صبح ہوتے ہی میرے دل میں خیال آیا کہ بھولا سوچتا ہوگا کہ کل رات بابا نے میری بات کس طرح برداشت کی؟ میں اس خیال سے لرز گیا کہ بھولے کے دل میں کہیں یہ خیال نہ آیا ہو کہ اب بابا میری پروا نہیں کرتے۔ شاید یہی وجہ تھی کہ صبح کے وقت اس نے میری گود میں آنے سے انکار کر دیا اور بولا:

"میں نہیں آؤں گا۔۔۔ تیرے پاس بابا!"، "کیوں بھولے؟" "بھولا باباجی کا

نہیں۔۔۔ بھولا ماتا جی کا ہے۔" میں نے بھولے کو مٹھائی کے لالچ سے منا لیا اور چند ہی لمحات میں بھولا باباجی کا بن گیا اور میری گود میں آگیا اور اپنی ننھی ٹانگوں کے گرد میرے جسم سے لپٹے ہوئے کمبل کو لپیٹنے لگا۔ مایا ہری ہر استوتر پڑھ رہی تھی۔ پھر اس نے پاؤ بھر مکھن نکالا اور اسے کوزے میں ڈال کر کنوئیں کے صاف پانی سے چھاچھ کی کھٹاس کو دھو ڈالا۔ اب مایا نے اپنے بھائی کے لئے سیر کے قریب مکھن تیار کر لیا۔ میں بہن بھائی کے اس پیار کے جذبے پر دل ہی دل میں خوش ہو رہا تھا۔ اتنا خوش کہ میری آنکھوں سے آنسو ٹپک پڑے۔

میں نے دل میں کہا: عورت کا دل محبت کا ایک سمندر ہوتا ہے۔ ماں باپ، بہن بھائی، خاوند بچے سب سے وہ بہت ہی پیار کرتی ہے اور اتنا کرنے پر بھی وہ ختم نہیں ہوتا۔ ایک دل کے ہوتے ہوئے بھی وہ سب کو اپنا دل دے دیتی ہے۔ بھولے نے دونوں ہاتھ میرے گالوں کی جھریوں پر رکھے۔ مایا کی طرف سے چہرے کو ہٹا کر اپنی طرف کر لیا اور بولا: "بابا تمھیں اپنا وعدہ یاد ہے نا۔۔۔؟" "کس بات کا۔۔۔ بیٹا؟"

"تمھیں آج دوپہر کو مجھے کہانی سنانی ہے۔" "ہاں بیٹا۔۔۔!" میں نے اس کا منہ چومتے ہوئے کہا۔ یہ تو بھولا ہی جانتا ہو گا کہ اس نے دوپہر کے آنے کا کتنا انتظار کیا۔ بھولے کو اس بات کا علم تھا کہ باباجی کے کہانی سنانے کا وقت وہی ہوتا ہے جب وہ کھانا کھا کر اس پلنگ پر جا لیٹتے ہیں جس پر وہ باباجی یا ماتا جی کی مدد کے بغیر نہیں چڑھ سکتا تھا۔ چنانچہ وقت سے آدھ گھنٹہ پیشتر ہی اس نے کھانا نکلوانے پر اصرار شروع کر دیا۔ میرے کھانے کے لئے نہیں بلکہ اپنی کہانی سنانے کے چاؤ سے۔ میں نے معمول سے آدھ گھنٹہ پہلے کھانا کھایا۔ ابھی آخری نوالا میں نے توڑا ہی تھا کہ پٹواری نے دروازے پر دستک دی۔ اس کے ہاتھ میں ایک ہلکی سے جریب تھی۔ اس نے کہا کہ خانقاہ والے کنوئیں پر آپ کی زمین کو

ناپنے کے لئے مجھے آج ہی فرصت مل سکتی ہے۔ پھر نہیں۔ دالان کی طرف نظر دوڑائی تو میں نے دیکھا۔ بھولا چارپائی کے چاروں کی طرف گھوم کر بستر بچھا رہا تھا۔ بستر بچھانے کے بعد اس نے ایک بڑا سا تکیہ بھی ایک طرف رکھ دیا اور خود پائنتی میں پاؤں اڑا کر چارپائی پر چڑھنے کی کوشش کرنے لگا۔ اگرچہ بھولے کا مجھے اصرار سے جلد روٹی کھلانا اور بستر بچھا کر میری تواضع کرنا اپنی خود غرضی پر مبنی تھا تاہم میرے خیال میں آیا۔۔۔ "آخر مایا ہی کا بیٹا ہے نا۔۔۔ ایشور اس کی عمر دراز کرے۔" میں نے پٹواری سے کہا۔ تم خانقاہ والے کنوئیں کو چلو میں تمہارے پیچھے پیچھے آ جاؤں گا۔ جب بھولے نے دیکھا کہ میں باہر جانے کے لئے تیار ہوں تو اس کا چہرہ اس طرح مدھم پڑ گیا جیسے گزشتہ شب کو آسمان کے ایک کونے میں مشعل کی مانند روشن ستارہ مسلسل دیکھتے رہنے کی وجہ سے ماند پڑ گیا تھا۔ مایا نے کہا: "باباجی، اتنی بھی کیا جلدی ہے۔۔۔؟ خانقاہ والا کنواں کہیں بھاگا تو نہیں جاتا۔۔۔ آپ کم سے کم آرام تو کر لیں۔" "اوہوں" میں نے زیر لب کہا۔ "پٹواری چلا گیا تو پھر یہ کام ایک ماہ سے ادھر نہ ہو سکے گا۔" مایا خاموش ہو گئی۔ بھولا منہ بسورنے لگا۔ اس کی آنکھیں نمناک ہو گئیں۔ اس نے کہا: "بابا میری کہانی۔۔۔ میری کہانی۔۔۔" "بھولے۔۔۔ میرے بچے۔" میں نے بھولے کو ٹالتے ہوئے کہا۔ "دن کو کہانی سنانے سے مسافر راستہ بھول جاتے ہیں۔" "راستہ بھول جاتے ہیں؟" بھولے نے سوچتے ہوئے کہا۔ "بابا تم جھوٹ بولتے ہو۔۔۔ میں باباجی کا بھولا نہیں بنتا۔" اب جب کہ میں تھکا ہوا بھی نہ تھا اور پندرہ بیس منٹ آرام کے لئے نکال سکتا تھا، بھلا بھولے کی اس بات کو آسانی سے کس طرح برداشت کر لیتا۔ میں نے اپنے شانے سے چادر اتار کر چارپائی کی پائنتی پر رکھی اور اپنی دبتی ہوئی ایڑی کو جوتی کی قید بامشقت سے نجات دلاتے ہوئے پلنگ پر لیٹ گیا۔ بھولا پھر اپنے بابا کا بن گیا۔ لیٹتے ہوئے میں نے بھولے سے کہا: "اب کوئی مسافر راستے کھو

بیٹھے۔۔۔تو اس کے تم ذمے دار ہو۔"۔۔۔اور میں نے بھولے کو دوپہر کے وقت سات شہزادوں اور سات شہزادیوں کی ایک لمبی کہانی سنائی۔ کہانی میں ان کی باہمی شادی کو میں نے معمول سے زیادہ دلکش انداز میں بیان کیا۔ بھولا ہمیشہ اس کہانی کو پسند کرتا تھا جس کے آکر میں شہزادہ اور شہزادی کی شادی ہو جائے۔ مگر میں نے اس روز بھولے کے منہ پر خوشی کی کوئی علامت نہ دیکھی بلکہ وہ ایک افسردہ سامنہ بنائے خفیف طور پر کانپتا رہا۔ اس خیال سے کہ پٹواری خانقاہ والے کنوئیں پر انتظار کرتے کرتے تھک کر اپنی ہلکی ہلکی جھنکار پیدا کرنے والی جریب جیب میں ڈال کر کہیں اپنے گاؤں کا رخ نہ کرلے۔ میں جلدی جلدی مگر اپنے نئے جوتے میں دبتی ہوئی ایڑی کی وجہ سے لنگڑاتا ہوا بھاگا۔ گو مایا نے جوتی کو سرسوں کو تیل لگا دیا تھا تاہم وہ نرم مطلق نہ ہوئی تھی۔ شام کو جب میں واپس آیا تو میں نے بھولے کو خوشی سے دالان سے صحن میں اور صحن سے دالان میں کودتے پھاندتے دیکھا۔ وہ لکڑی کے ایک ڈنڈے کو گھوڑا بنا کر اسے بھگا رہا تھا اور کہہ رہا تھا۔ "چل ماموں جی کے دیس۔۔۔رے گھوڑے، ماموں جی کے دیس۔" ماموں جی کے دیس، ہاں ہاں! ماموں جی کے دیس۔ گھوڑے۔۔۔جوں ہی میں نے دہلیز میں قدم رکھا بھولے نے اپنا گانا ختم کر دیا اور بولا۔

"بابا۔۔۔آج ماموں جی آئیں گے نا۔۔۔؟"

"پھر کیا ہو گا بھولے۔۔۔؟" میں نے پوچھا۔

"ماموں جی اگن بوٹ لائیں گے۔ ماموں جی کلو(کتا) لائیں گے۔ ماموں جی کے سر پر مکئی کے بھٹوں کا ڈھیر ہو گا نا بابا۔ ہمارے یہاں تو مکئی ہوتی ہی نہیں بابا۔ اور تو اور ایسی مٹھائی لائیں گے جو آپ نے خواب میں بھی نہ دیکھی ہو گی۔" میں حیران تھا اور سوچ رہا تھا کہ کس خوبی سے "خواب میں بھی نہ دیکھی ہو گی۔" کے الفاظ سات شہزادوں اور

سات شہزادیوں والی کہانی کے بیان میں سے اس نے یاد رکھے تھے۔ "جیتا رہی" میں نے دعا دیتے ہوئے کہا۔ "بہت ذہین لڑکا ہوگا اور ہمارے نام کو روشن کرے گا۔" شام ہوتے ہی بھولا دروازے پر جا بیٹھا تاکہ ماموں جی کی شکل دیکھتے ہی اندر کی طرف دوڑے اور پہلے پہل اپنی ماتا جی کو اور پھر مجھے اپنے ماموں جی کے آنے کی خبر سنائے۔ دئیوں کو دیا سلائی دکھائی گئی۔ جوں جوں رات کا اندھیرا گہرا ہوتا جاتا دیؤں کی روشنی زیادہ ہوتی جاتی۔ متفکرانہ لہجے میں مایا نے کہا۔ "بابا جی۔۔۔ بھیا ابھی تک نہیں آئے۔" "کسی کام کی وجہ سے ٹھہر گئے ہوں گے۔" "ممکن ہے کوئی ضروری کام آپڑا ہو۔۔۔ راکھی کے روپے ڈاک میں بھیج دیں گے۔۔۔"، "مگر راکھی؟" "ہاں راکھی کی کہو۔۔۔ انہیں اب تک تو آجانا چاہیئے تھا۔" میں نے بھولے کو زبردستی دروازے کی دہلیز پر سے اٹھایا۔ بھولے نے اپنی ماتا سے بھی زیادہ متفکرانہ لہجے میں کہا: "ماتا جی۔۔۔ ماموں جی کیوں نہیں آئے؟" مایا نے بھولے کو گود میں اٹھاتے ہوئے اور پیار کرتے ہوئے کہا۔ "شاید صبح کو آجائیں۔ تیرے ماموں جی۔ میرے بھولے۔" پھر بھولے نے اپنے نرم و نازک بازوؤں کو اپنی ماں کے گلے میں ڈالتے ہوئے کہا: "میرے ماموں جی تمہارے کیا ہوتے ہیں؟"

"جو تم ننھی کے ہو۔"،

"بھائی؟"

"تم جانو۔۔۔" "اور بنسی (بھولے کا دوست) کے کیا ہوتے ہیں؟"

"کچھ بھی نہیں۔" "بھائی بھی نہیں؟"، "نہیں"۔۔۔۔۔ اور بھولا اس عجیب بات کو سوچتا ہوا سو گیا۔ جب میں اپنے بستر پر لیٹا تو پھر وہ مشعل کی مانند چمکتا ہوا ستارہ آسمان کے ایک کونے میں میرے گھورنے کی وجہ سے ماند ہوتا ہوا دکھائی دیا۔ مجھے پھر بھولے کا چہرہ یاد آگیا جو میرے خانقاہ والے کنوئیں کو جانے پر تیار ہونے کی وجہ سے یوں ہی ماند پڑ

گیا تھا۔ کتنا شوق ہے بھولے کو کہانیاں سننے کا۔ وہ اپنی ماں کو استوتر بھی پڑھنے نہیں دیتا۔ اتنا سا بچہ بھلا گیتا کو کیا سمجھے۔ مگر صرف اس وجہ سے کہ اس کے ادھیائے کا مہاتم ایک دلچسپ کہانی ہوتا ہے۔ وہ نہایت صبر سے ادھیائے کے ختم ہونے اور مہاتم کے شروع ہونے کا انتظار کیا کرتا ہے۔ "مایا کا بھائی ابھی تک نہیں آیا۔ شاید نہ آئے۔" میں نے دل میں کہا۔ "اسے اپنی بہن کا پیار سے جمع کیا ہوا مکھن کھانے کے لئے تو آ جانا چاہئے تھا۔" میں ستاروں کی طرف دیکھتے دیکھتے اونگھنے لگا۔ یکایک مایا کی آواز سے میری نیند کھلی۔ وہ دودھ کا کٹورا لئے کھڑی تھی۔ "میں نے کئی بار کہا ہے۔ تم میرے لئے اتنی تکلیف نہ کیا کرو۔" میں نے کہا۔ دودھ پینے کے بعد فرط شفقت سے میرے آنسو نکل آئے۔ حد سے زیادہ خوش ہو کر میں مایا کو یہی دعا دے سکتا تھا کہ وہ سہاگ وتی رہے۔ کچھ ایسا ہی میں نے کہنا چاہا۔ مگر اس خیال کے آنے سے اس کا سہاگ تو برس ہوئے لٹ گیا تھا۔ میں نے کچھ نہ کچھ کہنے کی غرض سے اپنی رقت کو دباتے ہوئے کہا۔ "بیٹی۔۔۔ تمہیں اس سیوا کا پھل ملے بغیر نہ رہے گا۔" پھر میرے پہلو میں بچھی ہوئی چارپائی پر سے بھولا ننھی کو جو کہ اس کے ساتھ ہی سو رہی تھی پرے دھکیلتے ہوئے اور آنکھیں ملتے ہوئے اٹھا۔ اٹھتے ہی اس نے کہا۔

"بابا۔۔۔ ماموں جی ابھی تک کیوں نہیں آئے؟"

"آ جائیں گے۔۔۔ بیٹا، سو جاؤ، وہ صبح سویرے آ جائیں گے۔" اپنے بیٹے کو اپنے ماموں کے لئے اس قدر بیتاب دیکھ کر مایا بھی کچھ بے تاب سی ہو گئی۔ عین اس طرح جس طرح ایک شمع سے دوسری شمع روشن ہو جاتی ہے۔ کچھ دیر کے بعد وہ بھولے کو لٹا کر تھپکنے لگی۔ مایا کی آنکھوں میں بھی نیند آنے لگی۔ یوں بھی جوانی میں نیند کا غلبہ ہوتا ہے اور پھر دن بھر کام کاج کر کے تھک جانے کی وجہ سے مایا گہری نیند سوتی تھی۔ میری نیند تو عام

بوڑھوں کی نیند تھی۔ کبھی ایک آدھ گھنٹے تک سو لیتا۔ پھر دو گھنٹے جاگتا رہتا۔ پھر کچھ دیر اونگھنے لگ جاتا اور باقی رات اختر شماری کرتے گزار دیتا۔ میں نے مایا کو سو جانے کے لئے کہا اور بھولے کو اپنے پاس لٹا لیا۔

"بتی جلتی رہنے دو۔ صرف دھیمی کر دو۔۔۔ میلے کی وجہ سے بہت سے چور چکار ادھر گھوم رہے ہیں۔۔۔" میں نے سوئی ہوئی مایا سے کہا۔ سب سے بڑی بات یہ تھی کہ اس دفعہ میلے پر جو لوگ آئے تھے ان میں ایسے آدمی بھی تھے جو کہ ننھے بچوں کو اغواء کر کے لے جاتے تھے۔ پڑوس کے ایک گاؤں میں دو ایک ایسی وارداتیں ہوئی تھیں اور اسی لئے میں نے بھولے کو اپنے پاس لٹا لیا تھا۔ میں نے دیکھا، بھولا جاگ رہا تھا۔ اس کے بعد میری آنکھ لگ گئی۔ تھوڑی دیر کے بعد جب میری آنکھ کھلی تو میں نے بتی کو دیوار پر نہ دیکھا۔ گھبرا کر ہاتھ پسارا تو میں نے دیکھا کہ بھولا بھی بستر پر نہ تھا۔ میں نے اندھوں کی طرح در و دیوار سے ٹکراتے اور ٹھوکریں کھاتے ہوئے تمام چارپائیوں پر دیکھا۔ مایا کو بھی جگایا۔ گھر کا کونا کونا چھانا، بھولا کہیں نہ تھا۔ "مایا ہم لٹ گئے۔" میں نے اپنا سر پیٹتے ہوئے کہا۔ مایا ماں تھی۔ اس کا کلیجہ جس طرح شق ہوا یہ کوئی اس سے پوچھے۔ اپنا سہاگ لٹنے پر اس نے اتنے بال نہ نوچے تھے جتنے کہ اس وقت نوچے۔ اس کا دل بیٹھا جا رہا تھا اور وہ دیوانوں کی طرح چیخیں مار رہی تھی۔ پاس پڑوس کی عورتیں شور سن کر جمع ہو گئیں اور بھولے کی گمشدگی کی خبر سن کر رونے پیٹنے لگیں۔ میں عورتوں سے زیادہ پیٹ رہا تھا۔

آج میں نے ایک بازی گر کو اپنے گھر کے اندر گھورتے بھی دیکھا تھا۔ مگر میں نے پرواہ نہ کی تھی۔ آہ! وہ وقت کہاں سے ہاتھ آئے۔ میں نے دعائیں کیں کہ کسی وقت کا دیا کام آ جائے۔ منتیں مانیں کہ بھولا مل جائے۔ وہی گھر کا اجالا تھا۔ اسی کے دم سے میں اور مایا جیتے تھے۔ اس کی آس سے ہم اڑتے پھرتے تھے۔ وہی ہماری آنکھوں کی بینائی، وہی

ہمارے جسم کی توانائی تھا۔ اس کے بغیر ہم کچھ نہ کرتے تھے۔ میں نے گھوم کر دیکھا مایا بے ہوش ہو گئی تھی۔ اس کے ہاتھ اندر کی طرف مڑ گئے تھے۔ نسیں کھچی ہوئی اور آنکھیں پتھرائی ہوئی تھیں اور عورتیں اس کی ناک بند کر کے اک چمچے سے اس کے دانت کھولنے کی کوشش کر رہی تھیں۔ میں سچ کہتا ہوں ایک لمحے کے لئے میں بھولے کو بھی بھول گیا۔ میرے پاؤں تلے کی زمین نکل گئی۔ ایک ساتھ گھر کے دو بشر جب دیکھتے دیکھتے ہاتھوں سے چلے جائیں تو اس وقت دل کی کیا کیفیت ہوتی ہے۔ میں نے لرزتے ہوئے ایشور کو برا بھلا کہا کہ ان دکھوں کو دیکھنے سے پیشتر اس نے میری ہی جان کیوں نہ لے لی۔

آہ! مگر جس کی قضا آتی ہے اس کے سوا کسی اور کا بال تک بیکا نہیں ہوتا۔ قریب تھا کہ میں بھی مایا کی طرح گر پڑوں کہ مایا ہوش میں آ گئی۔ مجھے پہلے سے کچھ سہارا ملا۔ میں نے دل میں کہا، میں ہی مایا کو سہارا دے سکتا ہوں اور اگر میں خود اس طرح حوصلہ چھوڑ دوں تو مایا تو کسی طرح نہیں بچ سکتی۔ میں نے حواس جمع کرتے ہوئے کہا۔ "مایا بیٹی!۔۔۔ دیکھو! مجھے یوں خانہ خراب مت کرو۔۔۔ حوصلہ کرو۔ بچے اغواء ہوتے ہیں مگر آخر مل بھی جاتے ہیں۔ بازی گر بچوں کو مارنے کے لئے نہیں لے جاتے۔ پال کر بڑا کر کے کسی کام میں لانے کے لئے لے جاتے ہیں۔ بھولا مل جائے گا۔" ماں کے لئے یہ الفاظ بے معنی تھے۔ مجھے بھی اپنے اس طرح صبر کرنے پر گمان ہوا گویا میں اس وجہ سے چپ ہو گیا ہوں کہ مایا کے مقابلے میں بھولے سے بہت کم پیار ہے۔ مگر

"نہیں" میں نے کہا "مرد کو ضرور کچھ حوصلہ رکھنا چاہئے۔"

اس وقت آدھی رات ادھر تھی اور آدھی ادھر جب ہمارا پڑوسی اس حادثے کی خبر تھانے میں پہنچانے کے لئے جو گاؤں سے دس کوس دور شہر میں تھا، روانہ ہوا۔ باقی ہم سب ہاتھ ملتے ہوئے صبح کا انتظار کرنے لگے۔ تاکہ دن نکلنے پر کچھ سجھائی دے۔ دفعتاً

دروازہ کھلا اور ہم نے بھولے کے ماموں کو اندر آتے دیکھا۔ اس کی گود میں بھولا تھا۔ اس کے سر پر مٹھائی کی ٹوکریاں اور ایک ہاتھ میں بتی تھی۔ ہمیں تو گویا تمام دنیا کی دولت مل گئی۔ مایا نے بھائی کو پانی پو چھانہ خیریت اور اس کی گود سے بھولے کو چھین کر اسے چومنے لگی۔ تمام اڑوس پڑوس نے مبارک باد دی۔

بھولے کے ماموں نے کہا۔ "مجھے کسی کام کی وجہ سے دیر ہو گئی تھی۔ دیر سے روانہ ہونے پر رات کے اندھیرے میں، میں اپنا راستہ گم کر بیٹھا تھا۔ یکایک مجھے ایک طرف سے روشنی آتی دکھائی دی۔ میں اس کی جانب بڑھا۔ اس خوف ناک تاریکی میں پرس پور سے آنے والی سڑک پر بھولے کو بتی پکڑے ہوئے اور کانٹوں میں الجھے ہوئے دیکھ کر میں ششدر رہ گیا۔ میں نے اس وقت اس کے وہاں ہونے کا سبب پو چھاتو اس نے جواب دیا۔۔۔ کہ بابا جی نے آج دو پہر کے وقت مجھے کہانی سنائی تھی اور کہا تھا کہ دن کے وقت کہانی سنانے سے مسافر راستہ بھول جاتے ہیں۔ تم دیر تک نہ آئے تو میں نے یہی جانا کہ تم راستہ بھول گئے ہو گے اور بابا نے کہا تھا کہ اگر کوئی مسافر راستہ بھول گیا تو تم ذمے دار ہو گے نا۔۔۔"!!

(۴) مقدس جھوٹ

اپنے خدا پرست خاندان میں، میں سب سے چھوٹا تھا۔ جب میں چھ سال کا تھا تو اس وقت میرے باپ کی عمر پچاس کے لگ بھگ تھی۔ میرے باپ کو نزلے کی پرانی بیماری تھی۔ اس لیے وہ کچھ گنگنا کر بولتے تھے۔ ان کا دماغ آسانی سے خوشبو اور بدبو میں فرق محسوس نہیں کر سکتا تھا۔ کبھی کبھی ان کی باتوں پر لوگ منہ دوسری طرف کر کے ہنس دیتے تھے۔ میں ہنستا بھی تھا اور افسوس بھی کرتا تھا۔ نزلے کی وجہ سے ان کے سر اور داڑھی کے بال برف کی طرح سفید ہو گئے تھے۔

میرے والد خاندان کے تمام بچوں کو اکٹھا کر لیا کرتے اور ان کے شور سے بچنے کے لیے انہیں کہانیاں سنایا کرتے تھے۔ ان کی کہانی عام طور پر ان کی زندگی کے کسی واقعے سے متعلق ہوتی تھی اور اس میں نصیحت کا پہلو ضرور ہوتا۔ کہانی عام طور پر یوں شروع ہوتی تھی۔

"جب میں چھوٹا سا تھا۔"

ان کے بچپن کی ایک کہانی ہم سب کو بہت پسند تھی۔ ہم بہت سے بچے ایک دوسرے کے ہاتھ میں ہاتھ دیئے پر تھوی بل کے کھلے صحن میں بیٹھ جاتے اور اپنے بزرگ کی ایک ہی کہانی، ان کی زندگی کا سب سے بڑا واقعہ بار بار دہراتے۔ ایک شرط بہت ضروری تھی اور وہ یہ کہ اگر ہمارا دوست بالم کند کہانی سنائے تو اسی طرح آنکھیں مٹکا کر اور چٹکی بجا کر سنائے۔ میرے باپ کی کہانی تمام بچوں کو اسکول کے پہاڑوں کی طرح یاد

تھی اور باسی روٹی کی طرح مزہ دیتی تھی۔ اگر میں اس کہانی کا ایک لفظ بھی بدل دیتا تو دوسرے بچوں کی نظر میں کوئی بہت بڑا جرم کر دیتا تھا۔ ایسے موقع پر میرے چچیرے بھائی بہن ناراض ہو کر اٹھ کھڑے ہوتے۔ وہ کہانی چوہوں کے متعلق تھی اور ایک طرح ہمارے خاندان میں ایک گیت بن چکی تھی۔ یہ کہانی اس طرح تھی۔

جب بابا (میرے باپ) اور چاچا دیوا چھوٹے سے تھے تو ان کو ایک بار چوہے پکڑنے کی سوجھی۔ ان دنوں یہاں ہمارے بڑے سے دیو نما پر تھوی بل کے گھر کی جگہ ایک چھوٹا ساٹوٹا پھوٹا مکان ہوا کرتا تھا جس میں چوہوں کے بڑے بڑے بل تھے۔ چوہے ہر روز پنیر کی ٹکیاں اور بابا کی مزے دار باسی روٹیاں اٹھا کر لے جاتے تھے۔ چاچے دیوے نے ایک بڑا سا پنجرہ لگایا۔ سارے چوہے پھنس گئے، مگر ایک چوہا بھاگ گیا اور سرنگ میں گھس گیا۔ اب تمہیں یہ جاننا چاہیے کہ (بچے اس موقع پر بڑے خوفزدہ ہو جاتے) سرنگ ایک بہت لمبا چوڑا بل ہوتا ہے جس میں سے گزر کر چوہے جنگل میں اور پھر اپنے مکان میں آ جاتے تھے۔ بابا نے اس سرنگ کے منہ پر ایک پنجرہ رکھ دیا اور اس کو شہتوت وغیرہ کے پتوں سے ڈھک دیا۔ آنے والی صبح کو چاچا دیوے کی ہمت نہ ہوئی کہ وہ پنجرے کے پاس جائے۔ اس لیے بابا اکیلے ہی گئے۔ اکیلے (دہراتے ہوئے) بابا اس وقت چھوٹے سے بچے ہی تو تھے!

انہوں نے کانپتے ہوئے ہاتھوں کے ساتھ پنجرے پر سے پتے ہٹائے تو دیکھا کہ اس میں ایک چوہا تھا۔ بھورے رنگ کا پورے قد کا!

مٹکتا ہوا اور لٹکتا ہوا۔۔۔۔لٹکتا ہوا اور مٹکتا ہوا۔

بابا اس قدر گھبرائے۔ اس قدر گھبرائے کہ بھاگتے ہوئے جوتوں سمیت چوکے میں گھس گئے (ہمارے لیے کہانی کا یہ حصہ سب سے زیادہ حیرانی پیدا کرنے والا تھا) جوتوں

سمیت بھاگتے ہوئے چوکے میں چلے گئے۔ ("چوکا" ہندوؤں کے گھروں کا باورچی خانہ ہوتا ہے، جہاں جوتوں سمیت جانا منع ہوتا ہے)

وہ بھاگتے ہوئے آئے اور چاچا دیوے کو آوازیں دینے لگے۔ "دیوے؟ او دیوے؟"

آواز دیتے دیتے انہوں نے اپنے دونوں ہاتھ منہ کے دونوں طرف رکھ لیے تاکہ آواز ادھر ادھر بکھرنے کی بجائے اکٹھی ہو کر چاچا دیوے تک پہنچ جائے۔ پھر اس قدر زور سے پکارے کہ ان کی آواز ایک چیخ میں بدل گئی۔ اور پھر چیخ نے کھانسی کا روپ دھار لیا۔ کھوں، کھوں۔ پھر بابا نے چوہے کو مار دیا۔ بالکل مار دیا اور جہانگیر آباد کے بھنگی سے اس کی کھال اتروا کر اسے چھت پر رکھ دیا۔ جب کھال سوکھ گئی تو انہوں نے اسے پھگو بھنگی کے ہاتھ بیچ دیا۔ پھگو نے اسے کسی اور کے ہاتھ بیچ دیا اور اس نے کسی اور۔۔۔ اور پھر ایک آدمی نے اس کی فر بنا دی۔ آج کل بڑی بھابی کے سویٹر پر وہی فر لگی ہوئی ہے۔

اس موقع پر بات ناقابل برداشت ہو جاتی۔ تمام بچے جھوٹ جھوٹ، بکواس، بکواس کا شور کرنے لگتے کہ یہ نہیں ہو سکتا۔ یہ نہیں ہو سکتا کہ موٹی جرنیل بھابی کے خوبصورت سویٹر پر ایک چوہے کی فر لگی ہو؟

آپ نے دیکھا کہ اس واقعہ میں نصیحت کی گنجائش نہیں۔ میرے باپ کی زندگی کا یہی ایک واقعہ ایسا تھا جس میں ان کی کمزوری دکھائی دیتی تھی۔ وہ خود کس قدر ڈرپوک تھے اور ہمیں ہمیشہ بہادر بننے کی تلقین کیا کرتے تھے۔ بچوں کے دماغوں کے لیے اس قسم کے واقعات، سچائی، تمیز اور دوسری نصیحتوں سے بھری ہوئی مثالی کہانیوں سے کہیں زیادہ اثر ڈالتے ہیں۔ ان سے ہمیں سچائی کا پتا چلتا تھا اور ہماری سمجھ میں یہ بات آ جاتی تھی کہ ہمارے بزرگ بھی کبھی بچے تھے، ورنہ دوسری طرح کہانیوں میں وہ بچوں کی بجائے ہمیں

بوڑھے ہی نظر آتے تھے۔ جیسے پیٹ تک لمبی ڈاڑھی بچپن ہی سے ان کی ٹھوڑی سے لگی ہوئی تھی۔

بابا کی دی ہوئی آزادی کی وجہ سے ہم خاصے شرارتی ہو گئے تھے۔ آخر کار ہماری روز روز کی شرارتوں سے تنگ آکر اور ہماری عادتوں کو سنوارنے کے لیے بزرگوں نے ہمارے لیے ایک ماسٹر مقرر کر دیا جو ہمیں چھوڑ کر باقی سب کی عزت کرتا تھا۔ ہمارے اس ماسٹر نے ایک نئی ہی چیز ایجاد کر دی۔ ہم میں سے جو لڑکا زیادہ سعادت مند ہوتا اس کو باادب باتمیز ہونے کے سلسلہ میں ایک سرخ رنگ کا نشان دے دیا جاتا۔ اس "نئے پن" کا ہم پر بہت اچھا اثر ہوا مگر سچی بات یہ ہے کہ اس امتیازی نشان نے ہماری ذہانت کو اسی طرح غلام بنا دیا تھا جس طرح انگریز حکمران ہمارے کسی قومی بھائی کو دیوان بہادر یا خان بہادر بنا کر اس کے ہاتھ پاؤں کی آزادی چھین لیتے تھے۔ اس طرح کے عزت یافتہ لڑکوں کو ہم بڑی للچائی اور افسوس بھری نظروں سے دیکھا کرتے تھے اور اکثر "باادب باتمیز" کے لفظوں میں سے "ادب" اور "تمیز" نکال کر بکری کے بچے کی طرح "با۔۔۔ با" ممیانے لگتے۔ حالانکہ میں اس بات کو مانتا ہوں کہ ہماری اس حرکت میں "انگور کھٹے ہیں" والا جذبہ بہت ہوتا تھا اور سچائی اور آزادی کی کھوج کا جذبہ کم۔

بہار کے موسمی حسن نے اپنی کشش چھوڑ دی تھی اور اس کے میٹھے پن میں کڑواہٹ آگئی تھی۔ یہ وہ دن تھے جب شہتوت کے درختوں میں کونپلیں پھوٹ رہی ہوتی ہیں اور ان میں نکلے ہوئے پھول راہ چلتے لوگوں کی نظروں کو للچا کر دیکھنے پر مجبور کر دیتے ہیں۔ چنار کے چوڑے پتے اپنی گھنی چھاؤں میں ماں کی گود کی طرح راحت بخش رہے تھے۔

ایسی ہی ایک شام میں میرے ساتھ بھی ایک واقعہ پیش آیا، مجھے بھی وہ سرخ نشان

دے دیا گیا۔ اس وقت مجھے اپنے ساتھیوں کا ممیانا اور مجھ پر ایک طرح غداری کا الزام دینا بہت برا لگا۔

ہمارے ماسٹر صاحب نے مجھے عقل مند اور با اخلاق بنا دیا۔ میرے بزرگ بہت ہی خوش تھے کہ میں دوسرے بچوں کی طرح گستاخ نہیں ہوں مگر مجھے معدے کی شکایت رہتی تھی۔ جو بچے مویشیوں کی طرح بے تحاشا چرتے تھے وہ تندرست تھے لیکن میں جو کھانے میں بھی احتیاط برتتا تھا، ہمیشہ بیمار رہتا تھا۔

ہماری بیٹھک میں صندل کی صندوقچی کے پاس ایک قلم دان تھا اور اس پر کچھ پیسے پڑے ہوئے تھے۔ ایک دن میں لیمپ جلا کر اس کی مدھم روشنی میں کتاب پڑھ رہا تھا۔ مگر میرا دل، میری سوچ، شہتوت اور چنار کے پتوں کو پھلانگتی ہوئی ہوا کی سیٹیوں کی طرف اٹکا ہوا تھا اور میری زبان لمبے لمبے شہتوتوں کا ذائقہ لے رہی تھی اور میرے ہاتھ پاؤں خیالوں کی ندی کے پانی میں چپوؤں کی طرح ہل رہے تھے۔

پرتھوی بل سے باہر "دتا" اسی طرح سنگھاڑے بیچ رہا تھا۔ میں نے میز کے پاس کھڑے ہو کر اپنے جسم پر لگے ہوئے سرخ نشان کی طرف دیکھا، پھر کانپتے ہوئے ہاتھوں سے قلم دان کی طرف بڑھا اور وہاں سے پیسے اٹھا لیے اور سرخ نشان کو پھاڑ کر کھڑکی سے باہر پھینک دیا۔

کہنے کو تو میں نے یہ سب کچھ کر دیا تھا لیکن چند منٹوں کی خوشی کے بعد جب میرا ضمیر جاگا تو میں اپنی نظروں سے گر چکا تھا۔ عین اسی وقت گھر میں چوری ہونے کی بات پھیل گئی اور پھر معلوم نہیں کہ امی کو کیسے ہمارا چور ہونا معلوم ہو گیا اور انہوں نے جی بھر کے ہمیں پیٹا۔ شام کو مجھے بخار ہو گیا۔ میرا جسم اور میرا دل قدرت کے رحم کے قابل نہیں رہا تھا۔ میرا ضمیر مجھے مسلسل ملامت کر رہا تھا۔ میری نبض تیز ہو گئی۔

شام کو بابا آئے۔ مجھے ان کا منہ ٹیڑھا، ترچھا نظر آ رہا تھا۔ پھر رنگ برنگے نقطے پھیلنا شروع ہو گئے مگر ان نقطوں کے پھیلے ہوئے دائروں میں سے مجھے بابا کی دودھ جیسی سفید ڈاڑھی اسی طرح ٹھنڈک پہنچا رہی تھی۔ میں نے بابا کو بتایا کہ امی نے مجھے چوری کے جرم میں بہت مارا ہے۔ حالانکہ میں نے چوری نہیں کی تھی۔ اچانک مجھے یاد آیا کہ بابا نے بھی اپنی زندگی میں چوری کی تھی لیکن انہوں نے دادی کے سامنے اپنی چوری تسلیم کر لی تھی۔ اس روز ماں جب پیسوں کے متعلق پوچھ رہی تھی تو میں انجان بن گیا تھا۔ اس وقت مجھے بار بار یہی خیال آ رہا تھا۔ کاش! میں اپنے بابا کی طرح باہمت ہوتا اور اپنے جرم کو مان لیتا۔

ایکا ایکی میرے دماغ اور جسم میں شدید درد اٹھا۔ تھوڑی دیر بعد مجھے یوں محسوس ہوا جیسے کوئی پیار بھرا ہاتھ میرے سر کی ساری گرمی کھینچ رہا ہے۔ میں نے آہستہ آہستہ آنکھیں کھولیں اور بابا کی طرف ہاتھ بڑھاتے ہوئے کہا: "بابا کہانی سنایئے؟"

"کون سی کہانی بیٹے؟"

"جب آپ بچہ تھے۔ آپ نے ایک بار چوری کی تھی۔ آپ نے امی کے سامنے یہ چوری مان لی تھی۔ اس وقت آپ بہت چھوٹے سے تھے نا؟"

بابا میری امی کو آواز دیتے ہوئے بولے۔ "سیتا! پانی کا ایک گلاس لاؤ۔۔۔۔ تو نے نندی کو کیوں مارا ہے؟ میں جانتا ہوں وہ کیوں بیمار ہے۔ جلدی پانی لاؤ؟"

پھر پانی کا گلاس پکڑ کر اس میں سے ایک گھونٹ حلق میں انڈیلتے ہوئے بولے۔ "ہاں نندی! میں نے یہ کہانی تم لوگوں کو سنائی تھی کہ میں نے چوری کی تھی اور ماں کے سامنے اس چوری کو تسلیم کر لیا تھا۔"

اس کے بعد بابا یک دم خاموش ہو گئے۔ اس وقت جب کہ وہی پیار بھرا ہاتھ میری

تمام مصیبتوں کو اپنی طرف کھینچ رہا تھا، ان کی آنکھیں بھر آئیں اور انہوں نے اپنا منہ میرے کان کے قریب لا کر کہا: "بیٹے! سچ یہ ہے کہ میں نے چوری کی تھی۔ جب میں چھوٹا سا تھا اور ننھی سنو، میرے بیٹے اٹھو! میرے لال کھیلو۔ میں نے آج تک تیری دادی کے سامنے چوری کو تسلیم نہیں کیا۔ میں نے جھوٹ بولا تھا!"

بابا کے ان الفاظ کا سننا تھا کہ مجھے یوں لگا کہ میں اندھیرے کنویں سے باہر آ گیا ہوں اور پھر اگلے ہی دن میرا بخار اتر چکا تھا۔۔۔ مگر آج جب میں آپ کو یہ کہانی سنا رہا ہوں، مجھے معلوم ہو چکا ہے کہ بابا کا اصل جھوٹ کیا تھا۔ ان کا اصل جھوٹ یہ تھا کہ انہوں نے مجھے ضمیر کے بوجھ سے آزادی دلانے کے لیے یہ جھوٹ بولا تھا کہ دادی کے سامنے چوری کو تسلیم نہیں کیا تھا۔ مگر عجیب بات ہے کہ یہ بات جان لینے کے بعد مجھے کچھ نہیں ہوا، کوئی بخار نہیں ہوا! شاید اس لیے کہ اب میں بڑا ہو گیا ہوں!!

(۵) ایک باپ بکاؤ ہے

دیکھی نہ سنی یہ بات جو ۴۲ فروری کے "ٹائمز" میں چھپی۔ یہ بھی نہیں معلوم کہ اخبار والوں نے کیسے چھاپ دی۔ خرید و فروخت کے کالم میں یہ اپنی نوعیت کا پہلا ہی اشتہار تھا جس نے وہ اشتہار دیا تھا ارادہ کے بغیر اسے معمے کی ایک شکل دے دی تھی۔ پتے کے سوا اس میں کوئی ایسی بات نہ تھی جس سے خریدنے والے کو کوئی دلچسپی ہو۔ بکاؤ ہے ایک باپ۔ عمر اکہتر سال۔ بدن اکہرا، رنگ گندمی، دمے کا مریض حوالہ نمبر ایل ۶۷۴۔ معرفت ٹائمز۔ اکہتر برس کی عمر میں باپ کہاں رہا۔۔۔ دادا نانا ہو گیا۔ وہ تو؟ عمر بھر آدمی ہاں ہاں کرتا رہتا ہے۔ آخر میں نانا ہو جاتا ہے۔ باپ خرید لائے تو ماں کیا کہے گی، جو بیوہ ہے عجیب بات ہے نا۔ ایسے ماں باپ جو میاں بیوی نہ ہوں۔ ایک آدمی نے الٹے پاؤں دنیا کا سفر شروع کر دیا ہے آج کی دنیا میں سب سچ ہے بھائی۔ سب سچ ہے۔ دمہ پھیلا دے گا۔ نہیں ہے۔ دمہ متعدی بیماری نہیں۔ ہے۔ نہیں۔ ہے۔ ان دونوں آدمیوں میں چاقو چل گئے۔ جو بھی اس اشتہار کو پڑھتے تھے۔ بڈھے کی سنک پر ہنس دیتے تھے۔ پڑھنے کے بعد اسے ایک طرف رکھ دیتے اور پھر اٹھا کر اسے پڑھنے لگتے۔ جیسے ہی انہیں اپنا آپ احمق معلوم ہونے لگتا وہ اشتہار کو اڑوسیوں پڑوسیوں کی ناک لگے ٹھونس دیتے۔ ایک بات ہے۔۔۔ گھر میں چوری نہیں ہو گی۔ کیسے؟ ہاں کوئی رات بھر کھانستا رہے۔ یہ سب سازش ہے۔ خواب آور گولیاں بیچنے والوں کی۔ پھر۔۔۔ ایک باپ بکاؤ ہے! لوگ ہنستے ہنستے رونے کے قریب پہنچ گئے۔ گھروں میں، راستوں پر، دفتروں میں

بات ڈاک ہونے لگی۔ جس سے وہ اشتہار اور بھی مشتہر ہو گیا۔

جنوری فروری کے مہینے بالعموم پت جھڑ کے ہوتے ہیں۔ ایک ایک داروغے کے نیچے بیس بیس جھاڑ دینے والے سڑکوں پر گرے سوکھے، سڑے بوڑھے پتے اٹھاتے اٹھاتے تھک جاتے ہیں۔ جنہیں ان کو گھر لے جانے کی بھی اجازت نہیں ہوتی کہ انہیں جلائیں اور سردی کے موسم میں وہ اشتہار گرمی پیدا کرنے لگا جو آہستہ آہستہ سینک میں بدل گئی۔ کوئی بات تو ہوگی؟ ہو سکتا ہے، پیسے، جائیداد والا۔۔۔ بکواس۔۔۔ ایسے میں بکاؤ لکھتا؟ مشکل سے اپنے باپ سے خلاصی پائی ہے۔ باپ کیا تھا۔ چنگیز ہلاکو تھا سالا۔ تم نے پڑھا مسز گوسوامی؟ دھت۔ ہم بچے پالیں گے، سدھا، کہ باپ؟ ایک اپنے ہی وہ کم ہیں نہیں۔ گوسوامی ہے۔ باپ بھی حرامی ہوتے ہیں۔۔۔ باکس ایل ۶۷۴ میں چٹھیوں کا طومار آیا پڑا ہے۔ اس میں ایک ایسی بھی چٹھی آئی جس میں تھی کیرل کی لڑکی مس راونی کرشنن نے لکھا تھا کہ وہ ابو دبئی میں نرس کا کام کرتی رہی ہے اور اس کے ایک بچہ ہے۔ وہ کسی ایسے مرد کے ساتھ شادی کی متمنی ہے جس کی آمدنی معقول ہو اور اس کے بچے کی مناسب دیکھ بھال کر سکے چاہے وہ کتنی ہی عمر کا ہو۔ اس کا کوئی شوہر ہو گا جس نے اسے چھوڑ دیا۔ یا ویسے ابو دبئی کے کسی شیخ نے اسے الٹا پلٹا دیا۔ چنانچہ غیر متعلق ہونے کی وجہ سے وہ عرضی ایک طرف رکھ دی گئی۔ کیونکہ اس کا بکاؤ باپ سے کوئی تعلق نہ تھا۔ بہر حال ان چٹھیوں سے یوں معلوم ہوتا تھا جیسے ہیڈلے چیز، رابن سن، ارونگ اور اگاتھا کرسٹی کے سب پڑھنے والے ادھر پلٹ پڑے ہیں۔ کلاسی فائڈ اشتہار چھاپنے والوں نے جنرل مینیجر کو تجویز پیش کی کہ اشتہاروں کے نرخ بڑھا دیے جائیں۔ مگر نوجوان بوڑھے یا جوان مینیجر نے تجویز کو پھاڑ کر ردی کی ٹوکری میں پھینکتے ہوئے کہاSHUICKSایک پاپولر اشتہار کی وجہ سے نرخ کیسے بڑھا دیں؟۔۔۔ اس کے انداز

سے معلوم ہوتا تھا جیسے وہ کسی غلطی کا ازالہ کرنے کی کوشش کر رہا ہے۔ پولیس پہونچی۔ اس نے دیکھا ہندو کالونی، دادر میں گاندھر وداس جس نے اشتہار دیا تھا، موجود ہے اور صاف کہتا ہے کہ میں بکنا چاہتا ہوں اگر اس میں کوئی قانونی رنجش ہے تو بتایئے۔ وہ پان پر پان چباتا اور ادھر ادھر دیواروں پر تھوکتا جا رہا تھا۔ مزید تفتیش سے پتہ چلا کہ گاندھر وداس ایک گائیک ہے۔ کسی زمانے میں جس کی گائیکی کی بڑی دھوم تھی۔ برسوں پہلے اس کی بیوی کی موت ہو گئی، جس کے ساتھ اس کی ایک منٹ نہ پٹتی تھی۔ دونوں میاں بیوی ایک اندھی محبت میں بندھے ایک دوسرے کو چھوڑتے ہی نہ تھے۔ شام کو گاندھر وداس کا ٹھیک آٹھ بجے گھر پہنچنا ضروری تھا۔ ایک دوسرے کے ساتھ کوئی لین دین نہ رہ جانے کے باوجود یہ احساس ضروری تھا کہ۔۔۔ وہ ہے گاندھر وداس کی تان اڑتی ہی صرف اس لئے تھی کی دمینتی اس کے سنگیت سے بھرپور نفرت کرنے والی بیوی گھر میں موجود ہے اور اندر کہیں گاجر کا حلوہ بنا رہی ہے اور دمینتی کے لئے یہ احساس تسلی بخش تھا کہ اس کا مرد جو برسوں سے اسے نہیں بلاتا۔ ساتھ کے بستر پر پڑا، شراب میں بد مست خراٹے لے رہا ہے۔ کیونکہ خراٹا ہی ایک موسیقی تھا۔ جسے گاندھر و کی بیوی سمجھ پائی تھی بیوی کے چلے جانے کے بعد گاندھر وداس کو بیوی کی وہ سب زیادتیاں بھول گئیں۔ لیکن اپنے اس پر کئے ہوئے اتیاچار یاد رہ گئے۔ وہ بیچ رات کے ایکا ایک اٹھ جاتا اور گریبان پھاڑ کر ادھر ادھر بھاگنے لگتا۔ بیوی کے بارے میں آخری خواب اس نے دیکھا کہ دوسری عورت کو دیکھتے ہی اس کی بیوی نے واویلا مچا دیا ہے اور روتی چلاتی ہوئی گھر سے بھاگ نکلی۔ گاندھر وداس اس کے پیچھے دوڑا۔ لکڑی کی سیڑھی کے نیچے کچی زمین میں دمینتی نے اپنے آپ کو دفن کر لیا۔ مگر مٹی ہل رہی تھی اور اس میں دراڑیں چلی آئی تھیں جس کا مطلب تھا کہ ابھی اس میں سانس باقی ہے۔ حواس باختگی میں گاندھر وداس

نے اپنی عورت کو مٹی کے نیچے سے نکالا تو دیکھا۔۔۔اس کے، بیوی کے دونوں بازو غائب تھے۔ناف سے نیچے بدن نہیں تھا۔اس پر بھی وہ اپنے ٹھنٹ اپنے پتی کے گرد ڈالے اس سے چمٹ گئی اور گاندھر و داس اسی پتلے سے پیار کرتا ہوا اسے سیڑھیوں سے اوپر لے آیا۔گاندھر و داس کا گانا بند ہو گیا۔ گاندھر و داس کے تین بچے تھے۔تھے۔کیا۔ہیں۔سب سے بڑا ایک نامی پلے بیک سنگر ہے جس کے لانگ پلیئنگ ریکارڈ بازار میں آتے ہی ہاتھوں ہاتھ بک جاتے ہیں۔ایرانی ریستورانوں میں رکھے ہوئے جیوک باکسوں سے جتنی فرمائشیں اس کے گانوں کی ہوتی ہیں اور کسی کی نہیں۔اس کے برعکس گاندھر و داس کی کلاسیکی میوزک کو کوئی بھی گھاس نہ ڈالتا تھا۔دوسرا لڑکا آفسٹ پرنٹر ہے اور جست کی پلیٹیں بھی بناتا ہے۔پریس سے دو ڈیڑھ ہزار روپیہ مہینہ پاتا ہے اور اپنی اطالوی بیوی کیساتھ رنگ رلیاں مناتا ہے۔کوئی جئے یا مرے اسے اس بات کا خیال نہیں۔جس زمانے میں گاندھر و داس کا موسیقی کے ساز بیچنے کا کام ٹھپ ہوا تو بیٹا بھی تھا۔گاندھر و نے کہا۔۔۔ چلو ایچ ایم وی کے ریکارڈوں کی ایجنسی لیتے ہیں۔چھوٹے نے جواب دیا۔ہاں مگر آپ کیساتھ میرا کیا مستقبل ہے۔گاندھر و داس کو دھچکہ سا لگا وہ بیٹے کا مستقبل کیا بنا سکتا تھا؟ کوئی کسی کا مستقبل کیا بنا سکتا ہے؟ گاندھر و کا مطلب تھا۔میں کھاتا ہوں تم بھی کھاؤ۔میں بھوکا مرتا ہوں تم بھی مرو۔تم جوان ہو، تم میں حالات سے لڑنے کی طاقت زیادہ ہے اس کے جواب کے بعد گاندھر و داس ہمیشہ کے لئے چپ ہو گیا۔رہی بیٹی تو وہ ایک اچھے مارواڑی گھر میں بیاہی گئی۔جب وہ تینوں بہن بھائی ملتے تو اپنے باپ کو رنڈوا، مر دبدھوا کہتے اور اپنی اس اختراع سے خود ہی ہنسنے لگتے۔ایسا کیوں؟ چانزک، ایک شاعر اور اکاؤنٹنٹ جو اس اشتہار کے سلسلے میں گاندھر و داس کے ہاں گیا تھا۔کہہ رہا تھا ۔۔۔اس بڈھے میں ضرور کوئی خرابی ہے۔ورنہ یہ کیسے ہو سکتا ہے کہ تین اولادوں میں

سے ایک بھی اس کی دیکھ بھال نہ کرے۔ کیا وہ ایک دوسرے کے اتنے نزدیک تھے کہ دور ہو گئے؟ ہندسوں میں اُلجھے رہنے کی وجہ سے چانزک کے الہام اور الفاظ کے درمیان کوئی فساد پیدا ہو گیا تھا۔ وہ یہ جانتا تھا کہ ہندوستان تو کیا دنیا بھر میں کنبے کا تصور ٹوٹتا جا رہا ہے۔ بڑوں کا ادب ایک فیوڈل بات ہو کر رہ گئی ہے۔ اس لئے سب بڈھے ہائیڈ پارک میں بیٹھے اَمتداد زمانہ کی سردی سے ٹھٹھرے ہوئے، ہر آنے جانے والے کو شکار کرتے ہیں کہ شاید ان سے کوئی بات کرے۔ وہ یہودی ہیں جنہیں کوئی ہٹلر ایک ایک کر کے گیس چیمبر میں دھکیلتا جا رہا ہے۔ مگر دھکیلنے سے پہلے جمور کے ساتھ ان کے دانت نکال لیتا ہے جن پر سونا مڑھا ہے۔ یا اگر کوئی بچ گیا تو کوئی بھانجا بھتیجا اتفاقیہ طور پر اس بڈھے کو دیکھنے کے لئے اس کے مخروطی اٹیک میں پہنچ جاتا ہے تو دیکھتا ہے کہ وہ تو مرا پڑا ہے اور اس کی کلزاقی آنکھیں اب بھی دروازے پر لگی ہیں۔ نیچے کی منزل والے بدستور اپنا اخبار بیچنے کا کاروبار کر رہے ہیں کیونکہ دنیا میں روز کوئی نہ کوئی واقعہ تو ہوتا ہی رہتا ہے۔ ڈاکٹر آ کر تصدیق کرتا ہے کہ بڈھے کو مرے ہوئے پندرہ دن ہو گئے۔ صرف سردی کی وجہ سے لاش گلی سڑی نہیں۔ پھر وہ بھانجا یا بھتیجا کمیٹی کو خبر کر کے منظر سے ٹل جاتا ہے، مبادا کہ آخری رسوم کے اخراجات اسے دینے پڑیں۔" چانزک نے کہا ۔۔۔۔ہو سکتا ہے بڈھے نے کوئی اندوختہ رکھنے کی بجائے اپنا سب کچھ ہی بچوں پر اڑا دیا ہو۔ اندوختہ ہی ایک بولی ہے جسے دنیا کے لوگ سمجھتے ہیں اور ان سے زیادہ اپنے سگے سمبندھی اپنے ہی بچے بالے۔ کوئی سنگیت میں تارے توڑ لائے۔ نقاشی میں کمال دکھا جائے اس سے انہیں کوئی مطلب نہیں پھر اولاد ہمیشہ یہی چاہتی ہے کہ اس کا باپ وہی کرے جس سے وہ اولاد خوش ہو۔ باپ کی خوشی کس بات میں ہے۔ اس کی کوئی بات ہی نہیں اور ہمیشہ نہ خوش رہنے کے لئے اپنے کوئی سا بھی بے گانا بہانہ تراش لیتے ہیں۔ مگر گاندھرو داس تو بڑا ہنس

مکھ آدمی ہے۔ ہر وقت لطیفے سناتا ہے۔ خود ہنستا ہے اور دوسروں کو ہنساتا رہتا ہے۔ اس کے لطیفے اکثر فحش ہوتے ہیں شاید وہ کوئی نقاب کھوٹے میں جن کے پیچھے وہ اپنی جنسی ناکامیوں اور نا آسودگیوں کو چھپاتا رہتا ہے یا پھر سیدھی سی بات۔۔۔۔ بڑھاپے میں انسان ویسے ہی ٹھرکی ہو جاتا ہے اور اپنی حقیقی یا مفروضہ فتوحات کی بازگشت! اشتہار کے سلسلے میں آنے والے کچھ لوگ اس لئے بھی بدک گئے کہ گاندھرو داس پر پچپن ہزار کا قرض بھی تھا جو بات اس نے اشتہار میں نہیں لکھی تھی اور غالباً اس کی عیاری کا ثبوت تھی۔ اس پر طرہ ایک نوجوان لڑکی سے آشنائی تھی جو عمر میں اس کی بیٹی رما سے بھی چھوٹی تھی۔ وہ لڑکی دیویانی گانا سیکھنا چاہتی تھی جو گوروجی نے دن رات ایک کر کے اسے سکھایا اور سنگیت کی دنیا کے شکھر پر پہنچا دیا۔ لیکن ان کی عمروں کے فرق کے باوجود ان کے تعلقات میں جو ہیجانی کیفیت تھی اسے دوسرے تو ایک طرف خود وہ بھی نہ سمجھ سکتے تھے۔ اب بھلا ایسے چاروں عیب شرعی باپ کو کون خریدے؟ اور پھر۔۔۔۔ جو ہر وقت کھانستا رہے کسی وقت بھی دم اُلٹ جائے اس کا۔ باہر جائے تو نوٹانک مار کے آئے، بلکہ لوٹتے وقت پوا بھی دھوتی میں چھپا کر لے آئے۔ آخر۔۔۔۔ دمے کے مریض کی عمر بہت لمبی ہوتی ہے۔ گاندھرو داس سنگیت سکھاتے ہوئے یہ بھی کہہ اٹھتا میں پھر گاؤں گا۔ وہ تکرار کے ساتھ یہ بات شاید اس لئے بھی کہتا کہ اسے خود بھی اس میں یقین نہ تھا۔ وہ سرمہ لگاتا بھی تو اسے اپنے سامنے اپنی مرحوم بیوی کی روح دکھائی دیتی جیسے کہہ رہی ہو۔ ابھی تک گا رہے ہو؟ اس انوکھے مطالبے اور امتزاج کی وجہ سے لوگ گاندھرو داس کی طرف یوں دیکھتے تھے جیسے وہ کوئی بہت چمکتی ہوئی شے ہو اور جس کا نقش وہاں سے ٹل جانے کے بعد بھی کافی عرصے تک آنکھ کے اندر پردے پر برقرار رہے اور اس وقت تک پیچھا نہ چھوڑے جب تک کوئی دوسرا عنصر نظارہ پہلے کو دھندلا نہ دے۔ کسی خورشید عالم نے کہا۔۔۔۔ میں خریدنے کو

تیار ہوں بشرطیکہ آپ مسلمان ہو جائیں۔ مسلمان تو میں ہوں ہی۔ کیسے؟ میرا ایمان خدا پر مسلم ہے۔ پھر میں نے جو پایا ہے اُستاد علاؤالدین کے گھرانے سے پایا ہے۔ آں ہاں، وہ مسلمان، کلمے والا۔۔۔۔ کلمہ تو سانس ہے انسان کی جو اس کے اندر، باہر جاری اور ساری ہے۔ میرا دین سنگیت ہے۔ کیا استاد عبدالکریم خان کا بابا ہر داس ہونا ضروری تھا؟ پھر میاں خورشید عالم کا پتہ نہیں چلا۔ وہ تین عورتیں بھی آئیں لیکن گاندھر و داس جس نے زندگی کو نو ٹانک بنا کے پی لیا تھا، بولا۔۔۔۔ جو تم کہتی ہو میں اس سے اُلٹ چاہتا ہوں۔ کوئی نیا تجربہ جس سے بدن سو جائے اور روح جاگ اٹھے اسے کرنے کی تم میں کوئی ہمت ہی نہیں۔ دین دھرم معاشرہ نہ جانے کن کن چیزوں کی آڑ لیتی ہو لیکن بدن روح کو شکنجے میں کس کے یوں سامنے پھینک دیتا ہے۔ تم پلنگ کے نیچے کے مرد سے ڈرتی ہو اور اسے ہی چاہتی ہو تم ایسی کنواریاں ہو جو اپنے دماغ میں عفت ہی کی رٹ سے اپنی عصمت لٹواتی ہو اور وہ بھی بے مہار۔۔۔۔ اور پھر گاندھر و داس نے ایک شیطانی مسکراہٹ سے کہا، دراصل تمہارے نتیجے ہی غلط ہیں۔ ان عورتوں کو یقین ہو گیا کہ وہ ازلی مائیں دراصل باپ ہیں۔ کسی خدا کے بیٹے کی تلاش میں ہیں ورنہ تین تین چار چار توان کے اپنے بیٹے ہیں مجاز کی اس دنیا میں۔۔۔۔ میں اس دن کی بات کر تا ہوں جس دن ماں گنگا کے مندر سے بھگوان کی مورتی چوری ہوئی اس دن پت جھڑ بہار پر تھی، مندر کا پورا احاطہ سوکھے سڑے، بوڑھے پتوں سے بھر گیا۔ کہیں شام کو بارش کا ایک چھینٹا پڑا اور چوری سے پہلے مندر کی مورتیوں پر پروانوں نے اتنی ہی فراوانی سے قربانی دی جس فراوانی سے قدرت انہیں پیدا کرتی اور پھر انہیں کھاد بناتی ہے یہ وہی دن تھا جس دن پجاری نے پہلے بھگوان کرشن کی رادھا (جو عمر میں اپنے عاشق سے بڑی تھی) کی طرف دیکھا اور پھر مسکرا کر مہترانی چھبو کی طرف (جو عمر میں پجاری کی بیٹی سے چھوٹی تھی) اور وہ پتے اور پھول اور

بیچ گھر لے گئی۔ مورتی تو خیر کسی نے سونے چاندی، ہیرے اور پنوں کی وجہ سے چرائی لیکن گاندھرو داس کو لارسن اینڈ لارسن کے مالک ڈروے نے بے وجہ خرید لیا۔ گاندھرو داس اور ڈروے میں کوئی بات نہیں ہوئی۔ بوڑھے نے صرف آنکھوں ہی آنکھوں میں اسے کہہ دیا جیسے تیسے بھی ہو، مجھے لے لو بیٹے۔ بنا بیٹے کے کوئی باپ نہیں ہو سکتا اس کے بعد ڈروے کو آنکھیں ملانے سوال کرنے کی ہمت ہی نہ پڑی۔ سوال شرطوں کا تھا مگر شرطوں کے ساتھ کبھی زندگی جی جاتی ہے؟ ڈروے نے گاندھرو داس کا قرض چکایا۔ سہارا دیکر اسے اٹھایا اور مالا بار ہل کے دامن میں اپنے عالیشان بنگلے گری گنج لے گیا جہاں وہ اس کی تیمار داری اور خدمت کرنے لگا۔ ڈروے سے اس کے ملازموں نے پوچھا۔ سر آپ یہ کیا مصیبت لے آئے ہیں۔ یہ بڈھا، مطلب، بابو جی آپ کو کیا دیتے ہیں۔ کچھ نہیں بیٹھے رہتے ہیں آلتی پالتی مارے کھانستے رہتے ہیں اور یا پھر زردرے والے پان چباتے جاتے ہیں۔ جہاں جی چاہے تھوک دیتے ہیں۔ جس کی عادت مجھے اور میری صفائی پسند بیوی کو بھی نہیں پڑی۔ مگر پڑ جائے گی۔ دھیرے دھیرے۔۔۔ مگر تم نے ان کی آنکھیں دیکھی ہیں؟ جی نہیں۔ جاؤ دیکھو ان کی روتی ہنستی آنکھوں میں کیا ہے ان میں کیسے کیسے سندیس نکل کر کہاں کہاں پہنچ رہے ہیں؟ کہاں کہاں پہنچ رہے ہیں؟۔۔۔ جمنا داس ڈورے کے ملازم نے غیر ارادی طور پر فضا میں دیکھتے ہوئے کہا۔۔۔ آپ سائنسداں ہیں! میں سائنس کی بات کر رہا ہوں۔ جمنا! اگر انسان کے زندہ رہنے کے لئے پھل پھول پیڑ پودے ضروری ہیں، جنگل کے جانور ضروری ہیں تو بوڑھے بھی ضروری ہیں۔ ورنہ ہمارا ایکولاجیکل بیلنس تباہ ہو جائے گا اگر جسمانی طور پر نہیں تو روحانی طور پر بے وزن ہو کر انسانی نسل ہمیشہ کے لئے معدوم ہو جائے۔ جمنا داس اور اتھادلے بھاؤ کچھ سمجھ نہ سکے۔ ڈروے نے بنگلے میں لگے شوک پیڑ کا ایک پتا توڑا اور جمنا داس کی طرف

بڑھاتے ہوئے بولا اپنی پری سائنس سے کہو کہ یہ تازگی یہ شگفتگی، یہ شادابی اور یہ رنگ پیدا کر کے دکھائے۔۔۔ اتھادلے بولا وہ تو اشوک کا بیج بوئیں ۔۔۔ آں ہاں ۔۔۔ڈروے نے سر ہلاتے ہوئے کہا۔ میں بیج نہیں پتے کی بات کر رہا ہوں۔ بیج کی بات کریں گے تو ہم خدا جانے کہاں سے کہاں پہنچ جائیں گے۔ پھر جمنا داس کے قریب ہوتے ہوئے ڈروے بولا میں تمہیں کیا بتاؤں جمنا جب میں بابو جی کے قدم چھو کر جاتا ہوں تو ان کی نگاہوں کا عزم مجھے کتنی شانتی کتنی ٹھنڈک دیتا ہے میں جو ہر وقت ایک بے نام ڈر سے کانپتا رہتا تھا اب نہیں کانپتا۔۔۔ مجھے ہر وقت اس بات کی تسلی رہتی ہے وہ تو ہیں۔ مجھے یقین ہے بابو جی کو بھی کچھ ایسا ہی ہوتا ہوگا، میں نہیں مانتا سر۔۔۔ یہ خالی خولی جذباتیت ہے۔ ہو سکتا تھا۔ ڈروے بھڑک اٹھتا ہو سکتا تھا وہ جمنا داس، اپنے ملازم کو اپنی فرم سے ڈسمس کر دیتا لیکن باپ کی آنکھوں کے دم نے اسے یہ نہ کرنے دیا۔ اس کی آواز میں الٹا کہیں سے کوئی سر چلا آیا اور اس نے بڑے پیار سے کہا، تم کچھ بھی کہہ لو، جمنا ہر ایک بات تو تم جانتے ہو میں جہاں جاتا ہوں لوگ مجھے سلام کرتے ہیں۔ میرے سامنے سر جھکاتے ہیں۔ بچھ بچھ جاتے ہیں۔ ڈروے اس کے بعد ایکا ایکی چپ ہو گیا اس کا گلا اور آنکھیں دھندلا گئیں۔ سر میں بھی تو یہی کہتا ہوں۔۔۔ دنیا آپ کے سامنے سر جھکاتی ہے! اس لیے۔۔۔ڈروے نے اپنی آواز پاتے ہوئے کہا۔۔۔ کہیں میں بھی سر جھکانا چاہتا ہوں۔ اتھاولے، جمنا داس اب تم جاؤ پلیز! میری پوجا میں دکھن مت ڈالو، ہم نے پتھر سے خدا پایا ہے۔ گری گنج میں لگے ہوئے آم کے پیڑوں میں بور پڑا۔ ادھر پہلی کوئل کوکی ادھر گاندھرو داس نے برسوں کے بعد تان اڑائی۔۔۔ کوئلیا بولے امووا کی ڈال ۔۔۔وہ گانے لگے کسی نے کہا۔ آپ کا بیٹا آپ سے اچھا گاتا ہے۔ اٹیا۔۔۔ گاندھرو اس نے، عیبا بولی میں کہا۔۔۔ آخر میرا بیٹا ہے۔ باپ نے میٹرک کیا

ہے تو بیٹا ایم اے نہ کرے؟ ایسی باتیں کرتے ہوئے ناسمجھ بے باپ کے لوگ گاندھرو داس کی طرف دیکھتے کہ ان کی جھریوں میں کہیں تو جلن دکھائی دے جب کوئی ایسی چیز نظر نہ آئی تو کسی نے لقمہ دیا آپ کا بیٹا کہتا ہے، میرا باپ مجھ سے جلتا ہے۔ سچ؟۔۔۔ میرا بیٹا کہتا ہے۔ ہاں، میں جھوٹ تھوڑے بول رہا ہوں۔ گاندھرو داس تھوڑی دیر کے لئے خاموش ہو گئے جیسے وہ کہیں اندر عالم ارواح میں چلے گئے ہوں اور ماں سے بیٹے کی شکایت کی ہو۔ بڑھیا سے کوئی جواب پا کر وہ دھیرے سے بولے۔۔۔ اور تو کوئی بات نہیں، میرا بیٹا۔۔۔ وہ بھی باپ ہے۔۔۔ وہ پھر ان دنوں کی طرف لوٹ گئے جب بیٹے نے کہا تھا۔ بابو جی میں شاستریہ سنگیت میں آپ ایسا کمال پیدا کرنا چاہتا ہوں مگر ڈھیر سارا روپیہ کما کر۔ اور بابو جی نے بڑی شفقت سے بیٹے کے کندھے تھپ تھپاتے ہوئے کہا ۔۔۔ ایسے نہیں ہوتا راجو۔۔۔ یا آدمی کمال حاصل کرتا ہے یا پیسے ہی بناتا چلے جاتا ہے جب دو بڑے بڑے آنسو لڑھک کر گاندھرو داس کی داڑھی میں اٹک گئے جہاں ڈروے بیٹھا تھا۔ ادھر سے روشنی میں وہ ضم ہو گئے سفید روشنی جن میں سے نکل کر سات رنگوں میں بکھر گئی۔ ڈروے کو نہ جانے کیا ہوا وہ اٹھ کر زور سے چلایا۔۔۔ گیٹ آؤٹ ۔۔۔ اور لوگ چوہوں کی طرح ایک دوسرے پر گرتے پڑتے ہوئے بھاگے۔ گاندھرو داس نے اپنا ہاتھ اٹھایا اور صرف اتنا کہا۔۔۔ نہیں بیٹے نہیں۔ ان کے ہاتھ سے کوئی برقی روئیں نکل رہی تھیں۔ ڈروے جب لارسن اینڈ لارسن میں گیا تو فلپ، اس کا ورکس مینجر کمپیوٹر کو ڈیٹا فیڈ کر رہا تھا کمپیوٹر سے کارڈ باہر آیا تو اس کا رنگ پیلا پڑ گیا وہ بار بار آنکھیں جھپک رہا تھا اور کارڈ کی طرف دیکھ رہا تھا لارسن اینڈ لارسن کو اکتالیس لاکھ کا گھاٹا پڑنے والا ہے اس گھبراہٹ میں اس نے کارڈ ڈروے کے سامنے کر دیا جسے دیکھ کر اس کے چہرے پر شکن تک نہ آئی۔ ڈروے نے صرف اتنا کہا۔ کوئی انفارمیشن غلط فیڈ ہو گئی ہے۔ نہیں سر

۔۔۔۔میں نے بیسوں بار چیک کر اس چیک کر کے اسے فیڈ کیا ہے۔ تو پھر مشین ہے کوئی نقص پیدا ہو گیا ہو گا۔ آئی بی ایم والوں کو بلاؤ۔ مودک چیف انجینئر تو ساؤتھ گیا ہے۔ ساؤتھ کہاں؟ ترپتی کے مندر سنا ہے اس نے اپنے لمبے ہپی بال کٹوا کر مورتی کی نذر کر دیئے ہیں۔ ڈروے ہلکا سا مسکرایا اور بولا تم نے یہ انفارمیشن فیڈ کی ہے کہ ہمارے بیچ ایک باپ آیا ہے؟ فلپ نے سمجھا ڈروے اس کا مذاق اڑا رہے ہیں یا ویسے ہی ان کا دماغ پھر گیا ہے مگر ڈروے کہتا رہا۔۔۔۔ اب ہمارے سر پر کسی کا ہاتھ ہے تبریک ہے اس کے نتیجے کا حوصلہ اور ہمت مت بھولو۔ یہ مشین کسی انسان نے بنائی ہے جس کا کوئی باپ تھا۔ پھر اس کا باپ اور آخر سب کا باپ جہل مرکب یا مفرد! فلپ نے اپنی اندرونی خفگی کا منہ موڑ دیا۔ کیا دیویانی اب بھی بابو جی کے پاس آتی ہے۔ ہاں۔ مسز ڈورے کچھ نہیں کہتی۔ پہلے کہتی تھیں۔ اب وہ ان کی پوجا کرتی ہیں۔ بابو جی دراصل عورت کی جات ہی سے پیار کرتے ہیں۔ فلپ معلوم ہوتا ہے۔ انہوں نے کہیں پر کرتی کے چتون دیکھ لئے ہیں۔ جن کے جواب میں وہ مسکراتے تو ہیں لیکن کبھی کبھی بیچ میں آنکھ بھی مار دیتے ہیں۔ فلپ کا غصہ اور بڑھ گیا۔ ڈروے کہتا۔۔۔۔ بابو جی کو شبد، بیٹی، بہو، بھابی، چاچی، للی، میا، بہت اچھے لگتے ہیں۔ وہ بہو کی کمر میں ہاتھ ڈال کر پیار سے اس کا گال چوم لیتے ہیں اور یوں قید میں آزادی پا لیتے ہیں۔ اور آزادی میں قید دیویانی؟ ڈروے نے حقارت سے کہا۔ سیکس کو اتنی ہی اہمیت دو جتنی کا وہ مستحق ہے۔ تیتر بٹیر بنے بغیر اس کے حواس پر مت چھانے دو۔ سنگیت شاید ایک آرتی دیویانی کے لئے میں سمجھا نہیں سر؟ بابو جی نے بتایا کہ وہ لڑکی بچپن ہی میں آوارہ ہو گئی۔ اس نے اپنے باپ کو کچھ اس عالم میں دیکھ لیا جب کہ وہ نوخیزی سے جوانی میں قدم رکھ رہی تھی۔ جب سے وہ ہمیشہ کے لئے آپ ہی اپنی ماں ہو گئی۔ باپ کے مرنے کے بعد وہ گھبرا کر ایک مرد سے دوسرے، دوسرے سے تیسرے کے پاس جانے

لگی۔ اس کا بدن ٹوٹ ٹوٹ جاتا تھا۔ مگر روح تھی کہ تھکتی ہی نہ تھی۔ کیا مطلب؟ دیویانی کو دراصل باپ ہی کی تلاش تھی۔ فلپ جو ایک کیتھولک تھا ایک دم بھڑک اُٹھا، اس کے ابرو بالشت بھر اُوپر اُٹھ گئے اور پھیلی ہوئی آنکھوں سے نار جہنم لپکنے لگی۔ اس نے چلا کر کہا۔۔۔۔ یہ فراڈ ہے۔ مسٹر ڈروے پیور۔ این او لٹر ہیڈ فراڈ جبھی ڈروے نے اپنے خریدے ہوئے باپ کی نم آنکھوں کو درنے میں لئے، کمپیوٹر کے پس منظر میں کھڑے فلپ کی طرف دیکھا اور کہا۔۔۔۔ آج ہی بابو جی نے کہا تھا، فلپ تم انسان کو سمجھنے کی کوشش نہ کرو صرف محسوس کروا سے۔۔۔۔!

(۶) جو گیا

نہا دھو کر نیچے کے تین ساڑھے تین کپڑے پہنے۔ جو گیا روز کی طرح اس دن بھی الماری کے پاس آ کھڑی ہوئی۔ اور میں اپنے ہاں سے تھوڑا پیچھے ہٹ کر دیکھنے لگا۔ ایسے میں دروازے کے ساتھ جو لگا تو چُوں کی ایک بے سُری آواز پیدا ہوئی۔ بڑے بھیا جو پاس ہی بیٹھے شیو بنا رہے تھے مڑ کر بولے۔ کیا ہے جگل؟ کچھ نہیں موٹے بھیا۔ میں نے انہیں ٹالتے ہوئے کہا۔ "گرمی بہت ہے" اور میں پھر سامنے دیکھنے لگا۔ ساڑھی کے سلسلے میں جو گیا آج کون سا رنگ چنتی ہے۔

میں جے جے سکول آف آرٹس میں پڑھتا تھا۔ رنگ میرے حواس پہ چھائے رہتے تھے۔ رنگ مجھے مرد عورتوں سے زیادہ ناطق معلوم ہوتے تھے۔ اور آج بھی ہوتے ہیں فرق صرف اتنا ہے کہ لوگ بے معنی باتیں بھی کرتے ہیں لیکن رنگ کبھی معنی سے خالی بات نہیں کرتے۔

ہمارا مکان کالبا دیوی کی وادی شیٹ آگیاری لین میں تھا۔ پارسیوں کی آگیاری تو کہیں دور۔ گلی کے موڑ پر تھی۔ یہاں پر صرف مکان تھے۔ آمنے سامنے اور ایک دوسرے سے بغل گیر ہو رہے تھے۔ ان مکانوں کی ہم آغوشیاں کہیں تو ماں بچے کے پیار کی طرح دھیمی دھیمی ملائم ملائم اور صاف ستھری تھیں اور کہیں مرد و عورت کی محبت کی طرح مجنونانہ سینہ بہ سینہ لب بہ لب۔۔۔۔

سامنے باپو گھر کی قسم کے کمروں میں جو کچھ ہوتا تھا۔ وہ ہمارے ہاں گیان بھون سے

صاف دکھائی دیتا۔ ابھی بجور کی ماں ترکاری چھیل رہی ہے اور چاقو سے اپنا ہی ہاتھ کاٹ لیا ہے۔ ڈنکر بھائی نے احمد آباد سے تل اور تیل کے دو پیپے منگوائے ہیں اور پنجابن سب کی نظریں بچا کر انڈوں کے چھلکے کوڑے کے ڈھیر میں پھینک رہی ہے جیسے ہمارے گیان بھون سے ان لوگوں کا کھایا پیا سب پتہ چلتا تھا۔ ایسے ہی انہیں بھی ہمارا سب اگیان نظر آتا ہوگا۔

جوگیا کے مکان کا نام تور نچھوڑ نواس تھا۔ لیکن میں اسے بانپو گھر کی قسم کا مکان اس لیے کہتا ہوں کہ اس میں عام طور پر بدھوائیں اور چھوڑی ہوئی عورتیں رہتی تھیں۔ جن میں سے ایک جوگیا کی ماں تھی جو دن بھر کسی درزی کے گھر میں سلائی کی مشین چلاتی اور اس سے اتنا پیسہ پیدا کر لیتی، جس سے اپنا پیٹ پال سکے اور ساتھ ہی اس کی تعلیم بھی مکمل کرے۔

جوگیا سترہ اٹھارہ برس کی ایک خوب صورت لڑکی تھی قد کوئی ایسا چھوٹا نہ تھا لیکن بدن کے بھرے پرے اور گھٹے ہونے کی وجہ سے اس پر چھوٹا ہونے کا گمان گزرتا تھا۔ کسی کو یقین بھی نہ آسکتا تھا۔ کہ جوگیا دال۔ رنگنا اور ہفتے میں ایک آدھ بار کی شری کھنڈ سے اتنی تندرست ہوسکتی تھی۔ بہرحال ان لڑکیوں کا کچھ مت کہیے جو بھی کھاتی ہیں الم غلم، ان کے بدن کو لگتا ہے۔ جوگیا کا چہرہ سومنات مندر کے پیش رخ کی طرح چوڑا تھا۔ جس میں قندیلوں جیسی آنکھیں رات کے اندھیرے میں بھٹکے ہوئے مسافروں کو روشنی دکھاتی تھیں۔ مورتی جیسا ناک اور ہونٹ زمرد اور یاقوت کی طرح ٹنکے ہوئے تھے۔ سر کے بال کمرے سے نیچے تک کی پیائش کرتے تھے جنہیں وہ کبھی ڈھیلا ڈھیلا اور بھیگا بھیگا رکھتی اور کبھی اس قدر خشک بنا دیتی کہ ان کی کچھ لٹیں باقی بالوں سے خواہ مخواہ الگ ہوکر چہرے اور گردن پر مچلتی رہتیں۔ اس کا چہرہ کیا تھا۔ پورا تارا منڈل تھا۔ جس میں چاند

خیالوں اور جذبوں کے ساتھ گھٹتا اور بڑھتا رہتا تھا۔ جوگیا یوں بڑی بھولی تھی۔ لیکن اپنے آپ کو سجانے بنانے کے سلسلے میں بہت چالاک تھی۔ کب اور کس وقت کیا کرنا ہے۔ یہ وہی جانتی تھی اور اس کے اس جاننے میں اس کی تعلیم کا بڑا ہاتھ تھا، جس نے اس کے حُسن کو دوبالا کر دیا تھا۔ گڑبڑ تھی تو بس رنگ کی۔ کیونکہ جوگیا کا رنگ ضرورت سے زیادہ گورا تھا۔ جسے دیکھتے ہی زکام کا سا احساس ہونے لگتا۔ اگر باقی کی چیزیں اتنی مناسب نہ ہوتیں تو بس چھٹی ہو گئی تھی۔

میں نہیں جانتا محبت کس چڑیا کا نام ہے۔ لیکن یہ حقیقت ہے کہ جوگیا کو دیکھتے ہی میرے اندر کوئی دیواریں سی گرنے لگتی تھیں اور جہاں تک مجھے یاد ہے۔ جوگیا بھی مجھے دیکھ کر غیر متعلق باتیں کرنے لگتی، جوگیا میری بھتیجی ہیما کی سہیلی تھی عجیب سہیل پنا تھا۔ کیونکہ ہیما صرف سات سال کی تھی اور جوگیا اٹھارہ برس کی۔ ان کی دوستی کی کوئی وجہ تھی، جسے صرف جوگیا جانتی تھی اور یا پھر میں جانتا تھا۔ موٹے بھیا اور بھابی صرف یہی سمجھتے تھے۔ وہ ہیما سے پیار کرتی ہے۔ اس لیے اسے پڑھانے آتی ہے۔ یوں ہمارے گھر میں آکر جوگیا سب کو سبق دے جاتی تھی۔ میں جو ایک آرٹسٹ بننے جا رہا تھا ایسی رکھ رکھاؤ کی باتوں کا قائل نہ تھا۔ لیکن میری مجبوریاں تھیں، میں نے کمانا شروع نہیں کیا تھا اور میرے ہر قسم کے خرچ کا مدار موٹے بھیا پر تھا۔ البتہ بیچ بیچ میں مجھے اس بات کا خیال آتا تھا۔ اس داؤ گھات میں بھی ایک مزہ ہے۔

ہم گھر سے تھوڑے وقفے اور فاصلے کے ساتھ نکلتے تھے۔ اور پھر پارسیوں کی آگیاری کے پاس مل جاتے۔ ہمارے اس راز کو صرف وہ پارسی پجاری ہی جانتا تھا جو فرشتوں کے لباس میں اگیاری کے باہر ہی بیٹھا ہوتا اور منہ میں ژند اوستا پڑھتا رہتا۔ وہ صرف ہمارے سروش کو سمجھتا تھا۔ اس لیے اس کے پاس سے گزرتے ہوئے ہم اسے

ضرور صاحب جی کہتے اور پھر اس راستے پہ چل دیتے جو دنیا کے لہو و لعب میٹرو سینما کی طرف جاتا تھا۔ جہاں پہنچ کر جوگیا اپنے کالج کی طرف چل دیتی اور میں اپنے سکول کی طرف۔ راستے بھر ہم غیر متعلق باتیں کرتے اور ان سے پورا حظ اٹھاتے۔ اگر پیار کی باتیں ہوتیں بھی تو کسی دوسرے کے پیار کی جن میں وہ مرد کو ہمیشہ بدمعاش کہتی اور پھر اس بات پہ کڑھتی بھی کہ اس کے بغیر بھی گزارہ نہیں۔ ایک دن جہانگیر آرٹ گیلری میں کسی آرٹسٹ کی منفرد نمائش تھی اور پورے شہر بمبئی میں سے کوئی بھی اس بدنصیب کی تصویروں کو دیکھنے اور خریدنے نہ آیا تھا۔ صرف میں اور جوگیا پہنچے تھے اور وہ بھی تصویریں دیکھنے کی بجائے ایک دوسرے کو دیکھنے محسوس کرنے کے لیے۔ پورے ہال میں ہمارے سوا کوئی بھی نہ تھا اور تین طرف سے رنگ ہمیں گھور رہے تھے۔ "جوہو میں ایک صبح، کے نام ایک بڑی سی تصویر تھی۔ جس میں اوپر کے حصے پر برش سے گہرے سرخ رنگ کو موٹے موٹے اور بھدے طریقے سے تھوپا اور پچارا گیا تھا۔ جس نے ہماری روحوں تک میں التہاب پیدا کر دیا۔ اس تصویر کے نیچے ایک اسٹول سا پڑا تھا۔ جس پر جوگیا کسی اندرونی تکان کے احساس سے بیٹھ گئی۔ اس کی سانس قدرے تیز تھی اور میں جانتا تھا۔ محبت میں ایک قدم بھی بعض وقت سینکڑوں فرسنگ ہوتا ہے۔۔۔ اور آدمی چلنے سے پہلے تھک جاتا ہے۔

آرٹسٹ روہانسا ہو کر باہر چلا گیا تھا۔ دیکھنے کوئی آتا مرتا ہے یا نہیں۔ اپنی نفرت میں وہ ہماری محبت کو نہ دیکھ سکا تھا۔ جبھی ہم دونوں کے اکیلے ہونے نے پورے ہال کو بھر دیا۔

اس دن میں نے جوگیا سے سب کہہ دینا چاہا۔ ہم دونوں ہی پیار کی ہیرا پھیریوں سے تنگ آ چکے تھے۔ چنانچہ میں نے ایک قدم آگے بڑھایا ٹھٹکا اور پھر اسٹول کے پاس جوگیا کے عین پیچھے کھڑا ہو گیا۔ میں کہہ بھی سکا تو اتنا "جوگیا! میں تمہیں ایک لطیفہ سناؤں"۔

"سامنے آ کے سناؤ" بولی۔

میں نے کہا "لطیفہ ہی ایسا ہے۔"

میری طرف دیکھے بغیر ہی اسے میرے حیص بیص کا اندازہ ہو رہا تھا اور مجھے پیچھے اس کے کانوں کی لوؤں سے اس کی مسکراہٹ دکھائی دے رہی تھی۔ آخر میں نے لطیفہ شروع کیا "ایک بہت ہی ڈرپوک قسم کا پریمی تھا۔"

"ہوں" جو گیا کے سنبھلنے ہی سے اس کی دلچسپی کا اندازہ ہو رہا تھا"۔

"وہ کسی طرح بھی اپنی پریمیکا کو اپنا پیار نہ جتا سکتا تھا"۔

اس پر جو گیا نے تین چوتھائی میں میرے طرف دیکھا۔

"تم لطیفہ سنا رہے ہو"۔

"ہاں" میں نے کچھ خفیف ہوتے ہوئے کہا۔

اور جو گیا پھر سیدھی ہو کر بیٹھ گئی منتظر۔۔۔ ایک ایسا انتظار جو بہت ہی لمبا ہو گیا تھا جس میں لمحات کے شرارے، کسی بارود سے چھوٹ چھوٹ کر نکل رہے تھے۔ خلا میں پھٹ رہے تھے اور آخر معدومیت کا حصہ ہوتے جا رہے تھے۔ جبھی "جوہو میں ایک صبح" میں لال رنگ کے بیچ سے سورج کی کرن نیچے سمندر کی سیاہیوں میں ڈولتی ہوئی کشتی پہ پڑی اور میں نے کہا "وہ لڑکی اپنے پریمی سے تنگ آ گئی۔ آخر اس نے سوچا۔ اس بیچارے میں تو ہمت ہی نہیں۔ کیوں نہ میں اسے کوئی ایسا موقع دوں۔ شاید۔۔۔ چنانچہ اس نے اپنے جنم دن پر لڑکے کو بلا لیا۔ لڑکا آپ ہی گلدستہ بھی لایا۔ جسے ہاتھ میں لیتے ہوئے اس کی پریمیکا نے کہا" ہیئے۔ کتنا پیارا ہے یہ اودے میں گلابی۔ گلابی میں سفید رنگ کے پھول۔ ان کے بدلے تو کوئی میرا۔۔۔

"پھر؟" جو گیا کی بے صبری پیچھے سے بھی دکھائی دے رہی تھی۔

"مگر۔۔۔۔ وہ لڑکا باہر جا رہا تھا دروازے کی طرف"۔۔۔۔ ہے بھگوان"۔۔۔۔ جوگیا نے کوئی ہاتھ اپنے ماتھے پر مار لیا تھا۔۔۔۔ میں نے اپنا بیان جاری رکھتے ہوئے کہا۔ لڑکی بولی۔ کہاں جا رہے ہو۔ لالی۔ جس پر لالی نے دروازے کے پاس مڑتے ہوئے کہا۔۔۔۔ اور پھول لینے۔۔۔۔

اس سے پہلے کہ جوگیا ہنستی اور اس کا انتظار ابدیت پہ چھا جاتا میں نے اس کو چُوم لیا۔۔۔۔ وہ ہنس نہ سکتی تھی کیونکہ وہ خفا تھی اور خوش بھی محبت کے اس بے برگ و گیاہ سفر میں ایکا ایکی زمین کا کوئی ایسا ٹکڑا اچلا آیا تھا جسے بارش کے چھینٹوں نے ہرا کر دیا تھا۔

اس کے بعد آرٹ کا دلدادہ کوئی آدمی آیا اور اس نے بازو والی تصویر خرید لی۔ جس کا نام تھا "کوئی کسی کا نہیں" اور جس میں ایک عورت سرہاتھوں میں دیئے رو رہی تھی سب رنگوں میں اداسی تھی اور ایسے وقت میں اداسی کے رنگ خرید رہا تھا، جب کہ سب کھلتے ہوئے رنگ ہمارے تھے جیب میں ایک پائی نہ ہونے کے باوجود سب تصویریں ہماری تھیں، نمائش ہماری تھی جوگیا ایک عظیم تشفی کے احساس سے معمور باہر دروازے کے پاس پہنچ چکی تھی جہاں سے اس نے ایک بار مڑ کر میری طرف دیکھا مکا دکھایا، مسکرائی اور دوڑ گئی۔

کچھ دیر یونہی ادھر ادھر رنگ اچھالنے کے بعد میں بھی باہر چلا آیا۔ دنیا کی سب چیزیں اس روز اجلی جلی دکھائی دے رہی تھی۔ لوگوں نے ایسے ہی رنگوں کے نام اودا پیلا، کالا اور نیلا وغیرہ رکھے ہوئے ہیں۔ کسی کو خیال بھی نہیں آیا، ایک رنگ ایسا بھی ہے جو ان کی جمع تفریق میں نہیں آتا اور جسے اجلا کہتے ہیں اور جس میں دھنک کے ساتوں رنگ چھپے ہوئے ہیں۔ میرا گلا تشکر کے احساس سے رندا ہوا تھا، میں کسی کا شکریہ ادا کر رہا تھا؟ اسی ایک لمس سے جوگیا ہمیشہ کے لیے میری ہو گئی تھی، میں جیسے اس کی طرف سے

بے فکر ہو گیا تھا۔ اب وہ کسی کے ساتھ بیاہ بھی کر لیتی جب بھی وہ میری تھی جس میں سچائی ہو ولولہ ہو بد نصیب شوہر کو کہاں ملتا ہے۔

تو گویا اس دن میں دیکھ رہا تھا کون سے رنگ کی ساڑھی جو گیا اپنی الماری سے نکالتی ہے اگر وہ مجھے میرے ہاں کے دروازے کے پیچھے دیکھ لیتی تو ضرور اشارے سے پوچھتی آج کون سی ساڑھی پہنوں اور اسی میں سارا مزہ کرکرا ہو جاتا، میں تو جاننا چاہتا تھا صبح سویرے نہا دھو کر جب کوئی سندری اپنی ساڑھیوں کے ڈھیر کے سامنے کھڑی ہوتی ہے تو اس میں کون سی چیز ہے جو اس بات کا فیصلہ کرتی ہے کہ آج فلاں رنگ کی ساڑھی پہننی چاہیے۔ ان عورتوں کے سوچنے کا طریقہ بڑا پر اسرار ہے۔ پر پیچ۔ پھیر اتنا ہے اس میں کہ مرد اس کی تہ کو بھی نہیں پہنچ سکتا، سنا ہے چاند نہ صرف عورت کے خون بلکہ اس کے سوچ بچار پہ بھی اثر انداز ہوتا ہے لیکن چاند کا اپنا تو کوئی رنگ ہی نہیں، روشنی ہی نہیں۔ وہ تو سب سورج سے مستعار لیتا ہے جبھی۔۔۔۔ جبھی ساڑھی پہننے سے پہلے عورت ہمیشہ اپنے کسی سورج سے پوچھ لیتی ہے آج کون سی ساڑھی پہنوں۔

نہیں نہیں۔۔۔۔ اس کا اپنا رنگ ہے، اپنا فیصلہ پھر کسی کو کوئی مرد تھوڑا بتانے جاتا ہے پھر رات کا بھی تو ایک رنگ ہوتا ہے۔ اس کا اپنا رنگ۔۔۔۔ اس دن واقعی بہت گرمی تھی نیچے وادی شیٹ آگیاری لین میں آتے جاتے لوگ ریت کے رنگ کی سڑک پر سے گزرتے تھے تو معلوم ہوتا تھا موسم کی بھٹیارن دانے بھون رہی ہے جب کوئی پنجابی یا مارواڑی بڑا سا پگڑ باندھے گزرا تو اوپر سے بالکل مکئی کا دانہ معلوم ہوا جو بھٹی کی آنچ میں پھول کر سفید ہو جاتا ہے۔

یہاں گیان بھون سے مجھے صرف رنگ کے چھینٹے دکھائی دیئے وہ سب ساڑھیاں تھیں، جن میں سے ایک جو گیا اپنے لیے میرے لیے ساری دنیا کے لیے چن رہی تھی۔

یونہی اس نے ایک بار میرے گھر کی طرف دیکھا شاید اس کی نگاہیں مجھے ڈھونڈ رہی تھیں لیکن میں نے تو کسی اوٹ کی سلیمانی ٹوپی پہن رکھی تھی جس سے میں تو ساری دنیا کو دیکھ سکتا تھا لیکن دنیا مجھے نہ دیکھ سکتی تھی، اس دن واقعی میری حیرانی کی کوئی حد نہ رہی، جب میں نے دیکھا جوگیا نے ہلکے نیلے رنگ کو چنا ہے، ایسے گرمی میں یہی ٹھنڈا رنگ اچھا معلوم ہوتا ہے اگر میں ہوتا تو جوگیا کو یہی رنگ پہننے کا مشورہ دیتا، جبھی میں نے سوچا میں نے بہت چھپنے کی کوشش کی ہے لیکن جوگیا نے اپنے من میں بلا کر مجھے پوچھ ہی لیا تھا، پھر وہی شروع کی جدائی اور آخر کا میل معلوم ہوتا تھا آگیاری تک یہ دنیا اور اس کے قانون ہیں اس کے بعد کوئی قانون ہم پر لاگو نہیں ہوتا۔

میں نے بڑھ کر جوگیا کے پاس پہنچتے ہوئے کہا "آج" تم نے بڑا پیارا رنگ چُنا ہے جوگی۔۔۔۔"

"میں جانتی تھی تم اسے پسند کروں گے۔"تم کیسے جانتی تھیں؟"

"ہوں" میں نے سوچتے ہوئے کہا "آج تمہیں چھونے ہاتھ لگانے کو بھی جی نہیں چاہتا"۔

"کیا جی چاہتا ہے"۔

اس وقت ایک وکٹوریہ ہم دونوں کے بیچ میں آگئی جسے نکلنے میں صدیاں لگیں۔ میری نگاہیں پھر جھیلوں میں تیرنے، چھینٹے اڑانے لگیں جب تک ہم پرنسس سٹریٹ کا چوراہا پار کر کے میٹرو کے پاس آچکے تھے، جہاں سے ہمارے راستے جدا ہوتے تھے۔ میں نے کہا" آج جی چاہتا ہے سر تمہارے پیروں پر رکھ دوں اور روؤں"۔

"روؤں؟ کیوں۔۔۔۔؟"

"شاستر کہتے ہیں آتما کے پاپ رونے ہی سے دھل سکتے ہیں"۔

"کون سا پاپ کیا ہے تمہاری آتمانے ؟"

"ایسا پاپ جو میرا شریر نہ کر سکا"۔

ایسی باتوں کو عورتیں بالکل نہیں سمجھ سکتیں۔ اور پھر ضرورت سے زیادہ سمجھ جاتی ہیں، جوگیانہ سمجھ سکی اپنا ہی کوئی بچار اس کے من میں چلا آیا تھا" جانتے ہو میرا جی کیا چاہتا ہے"۔

"کیا، کیا۔۔۔ کیا" میں نے بے صبری سے پوچھا۔

"چاہتا ہے" اور اس نے اپنے ہلکے نیلے رنگ کی ساڑھی کی طرف شارہ کیا۔

"تمہیں اس میں چھپا کر امبروں پر اڑ جاؤں، جہاں سے نہ آپ ہی واپس آؤں نہ تمہیں آنے دوں" اور یہ کہتے ہوئے جوگیا نے ایک بار اوپر ہلکے نیلے رنگ کے آسمان کی طرف دیکھا، جہاں سے وہ کبھی آئی تھی۔

میں کچھ دیر کے لیے وہیں تھم گیا اور ان خوش نصیبوں کے بارے میں سوچنے لگا جنہیں جوگیا ایسی سندریاں اپنے دامن میں چھپا کر امبروں پر لے گئی ہیں، جہاں سے وہ خود آئی ہیں اور نہ انہیں آنے دیا ہے۔ دیوتا بھی ان کے پاس سے گزرتے ہیں تو پھر ایک سرد آہ بھر کے چلے جاتے ہیں۔

مڑکر دیکھا تو جوگیا جا چکی تھی۔

امبر تو کہاں جوگیا مجھے تپتی ہوئی زمین اور ٹوٹی پھوٹی سڑک کے ایک طرف یتیم اور لاوارث چھوڑ گئی تھی۔ جس کا احساس مجھے خاص دیر کے بعد ہوا۔ حدت سے پھٹی ہوئی سڑک کی دراڑوں میں گھوڑا گاڑیوں کے بڑے بڑے پہیے پھنس رہے تھے اور ان کے ڈرائیور پیشانیوں پر سے پسینہ پونچھتے ادھر ادھر تبرے سناتے آجا رہے تھے۔ جبھی میں نے دیکھا خشک آب کی سی کوئی موج چلی آرہی ہے، وہ کوئی اور جوان لڑکی تھی۔ لانبی

اونچی کٹے ہوئے بال جو ہلکے نیلے رنگ کی شلوار قمیض پہنے ہوئے تھی۔

چند قدم اور آگے گیا تو ایک نہیں دو تین چار عورتوں ہلکے نیلے رنگ کے کپڑے پہنے ہوئے شاپنگ کرتی پھر رہی تھیں۔ یہ تجربہ مجھے پہلی بار نہیں ہوا تھا، اس سے پہلے بھی ایک بار کرافورڈ مارکیٹ کے علاقے میں آنے جانے والی سب عورتوں نے دھانی لباس پہن رکھ تھا فرق تھا تو صرف اتنا کہ کسی کی اوڑھنی دھانی تھی اور کسی کی ساری اسکرٹ بھی دھانی تھی اور میں سوچتارہ گیا تھا سویرے جب یہ عورتیں نہادھو کر بالوں کو چھانٹتی ہوئی، بناتی ہوئی کپڑوں کی الماری کے پاس پہنچتی ہیں تو ان میں کون سی بات کون سا ایسا جذبہ ہے جو انہیں بتادیتا ہے کہ آج مولسری پہننا چاہیے۔ یہ تو سمجھ میں آتا ہے کہ ایک دن کوئی نارنجی رنگ استعمال کرتی ہے تو پھر اس سے اس کی طبعیت اوب جاتی ہے۔ اور پھر اس کا ہاتھ اپنے آپ کیسے دوسرے رنگ کی طرف اٹھ جاتا ہے مثلاً سرسوں کا ساپیلا رنگ، چمپئی رنگ، گل اناری، کاسنی، فروزی۔۔۔۔ لیکن وہ کون سا بے تار برقی کا عمل ہے جس سے وہ سب ایک دوسری کو بتادیتی ہیں اور پھر ایکاایکی پورا بازار، سنسار ایک ہی رنگ سے بھر جاتا ہے، شاید یہ موسم کی بات ہے یا شکل پکش کی رات کی یا ویسے بھی چاند کی بادل کی شاید کوئی مروجہ فیشن کسی ایکٹرس کا لباس ہے جو ان کے انتخاب میں دخل رکھتا ہے؟۔۔۔۔ نہیں ایسی کوئی بات نہیں، بعض وقت وہ رنگا رنگ کپڑے بھی پہنتی ہے۔ اس دن سب کی ساڑھیاں ہلکے نیلے رنگ کی دیکھ کر میری آنکھوں کو یقین نہ آرہا تھا۔ سمجھ کا شمہ بھر بھی دماغ میں نہ گھس سکتا تھا، جب میں سکول پہنچا ایک کلاس ختم ہو چکی تھی اور لڑکے لڑکیاں باہر آرہے تھے۔ کچھ آکر کمپاؤنڈ میں گل مہر کے نیچے کھڑے ہو گئے ان میں سیکشی بھی تھی۔ اس کے اسکرٹ کا بھی رنگ ہلکا نیلا تھا۔

اگر ہیمنت میرا دوست وہاں نہ مل جاتا تو میں پاگل ہو جاتا۔ ہیمنت یوں تو خزاں کو

کہتے ہیں لیکن وہ حقیقت میں واسنت تھا۔ بہار، جو اس پر ہمیشہ چھائی رہتی، دنیا بھر میں کہیں کسی جگہ بھی ایک ہی موسم نہیں رہتا اور نہ ایک رنگ رہتا ہے لیکن اس کے چہرے پر ہمیشہ ایک ہی سی ہنسی اور تضحیک رہتی تھی۔

جس کے کارن ہم اسے کہا کرتے تھے سالے چاہے کتنا زور لگا لے تو کبھی آرٹسٹ نہیں بن سکتا۔ کیا تجھ پہ گریبان پھاڑ کر باہر بھاگ جانے کی نوبت آئی ہے۔ بے بسی میں تشنجی ہاتھ تو نے ہوا میں پھیلائے ہیں اور اپنے بال نوچے ہیں۔ اچھا کیا تیرے بدن پہ ایکا ایکی لاکھوں ٹڈے رینگے ہیں۔ رات کے وقت اندھیرے میں چمگادڑ تجھ پر جھپٹتے ہیں اور اپنا منہ تیری شہ رگ سے لگا کر تیرا خون چوسا ہے۔ کیا تو اس وقت بچوں کی طرح رویا ہے جب تیری تصویر انعامی مقابلے میں اول آئی ہو۔ کیا تجھے ایسا محسوس ہوا ہے کہ ماں باپ ہوتے ہوئے بھی تو یتیم ہے اور دوست ایک ایک کر کے تجھے اندھے کنویں میں دھکیل کر چل دیئے ہیں۔ کیا تو نے جانا ہے جس منصور کو سولی پہ چڑھایا گیا تھا وہ تو تھا تیرے چہرے پہ سیاہیاں چھٹی ہیں اور اس پر کے خط اتنے سخت اور گھناؤنے اور طاقت ور ہوئے ہیں جتنے میکسیکو کے میورلز؟ جس سے متوحش ہو کر۔۔۔

آج پھر میں نے اسے بتایا شہر کی سب عورتیں ہلکا نیلا رنگ پہنے نکل آئی ہیں ہیمنت نے اپنے دانت دکھا دیئے اور حسب معمول میرا مذاق اڑانے لگا وہ مجھے ساون کا اندھا سمجھتا تھا، جسے ہر طرف ہرا ہی ہرا دکھائی دیتا ہے میں نے سیکشی کی طرف اشارہ کیا، جسے ہم موڈل کیا کرتے تھے، وہ آج تک کسی کی موڈل نہ بنی تھی میں نے کہا "دیکھو! آج یہ بھی نیلے رنگ کا اسکرٹ پہنے ہوئے ہے"۔

ہیمنت نے کچھ نہ کہا، میرا ہاتھ پکڑ کر گھسیٹتا ہوا لان پہ لے آیا جو پام کے پیروں سے پٹا پڑا تھا، وہاں ایک کنارے پہ پہنچ کر وہ باڑھ کے پیچھے کھڑا ہو گیا جہاں سے سامنے سڑک

دکھائی دیتی تھی۔ ایک راستہ کرافورڈ مارکیٹ کی طرف جاتا تھا اور دوسرا وکٹوریہ ٹرمنس اور ہارن بائی روڈ کی طرف۔ وہ ثابت کرنا چاہتا تھا کہ یہ سب میرا وہم ہے۔ وہاں پہنچے تو کوئی عورت ہی نہ تھی۔ اگر عورتیں اپنے مردوں کو ہلکے نیلے رنگ کی ساڑھیوں میں چھپا کر اوپر امبروں پہ اڑ گئی ہوتیں تو وہاں مرد نظر نہ آتے۔ لیکن چاروں طرف مرد ہی مرد تھے اور وہ گھوم پھر رہے تھے۔ جیسے کبھی کسی عورت سے انہیں سروکار ہی نہ تھا۔ کوئی لانبا تھا کوئی ناٹا۔ کوئی خوبصورت اور کوئی بدصورت اوت توندیلا۔ اور سب بھاگ رہے تھے جیسے انہیں کسی عورت کو جواب نہیں دینا ہے۔ جبھی ادھر سے لوہے کی بنی ہوئی گاٹن گزری جس نے ہرے رنگ کا کانٹا لگا رکھا تھا۔ اس کی طرف اشارہ کرتے ہوئے ہیمنت بولا "پہچان اپنی ماں کو۔۔۔"

'جس نے بیکار کی غداری کی، میں ان بچاری غریب عورتوں کی بات نہیں کرتا"

"کن کی کرتے ہو"

"ان کی جن کے پاس کپڑے تو ہوں"

جبھی میری بدقسمتی سے ایک سیڈان سامنے پارسی دارو والے کے ہاں رکی۔ اس میں ادھیڑ عمر کی ایک عورت بیٹھی تھی۔ وہ اسی جماعت کی نمائندہ تھی جس کے پاس نہ صرف کپڑے ہوتے ہیں بلکہ بے شمار ہوتے ہیں، اور رنگ اتنی انواع کے کہ وہ بوکھلا جاتی ہیں۔ اس لئے جب وہ اپنی وارڈروب کے سامنے کھڑی ہوتی ہیں تو انہیں سندریوں کا وہ بے تار برقی پیغام نہیں آتا۔ ان کی حالت اس خریدار کی طرح ہوتی ہے جس کے سامنے کوئی دوکان دار انواع واقسام کا ڈھیر لگادے اور وہ ان میں سے کچھ بھی نہ چن سکیں۔

وہ عورت خوب لپی پتی ہوئی تھی۔ اور اس نے ایک شعلہ رنگ ساڑھی پہن رکھی تھی۔ پچاس فٹ چوڑی سڑک کے اِس پار مجھے اس کی وجہ سے گرمی لگ رہی تھی۔ لیکن

اسے اس بات کا احساس نہ تھا کہ باہر آگ برس رہی ہے جس میں شعلے کا سا رنگ نہ جلے گا۔ کتنا شوقیانہ تھا مذاق اس کا۔

ایسے ہی میں ہیمنت کے سامنے کئی بار شرمندہ ہوا۔ ایک آدھ بار مجھے اسے شرمسار کرنے کا موقع مل گیا جب کہ سب عورتیں سرمئی ساڑھیاں پہنے سڑک پر چلی آئی تھیں۔ مجھے ہمیشہ ان کے رنگ ایک سے لگتے تھے۔ لیکن جب ہیمنت میرا کان پکڑ کر مجھے باہر لاتا وہ سب الگ الگ دکھائی دینے لگتے۔ آخر میں نے اسے اپنے دماغ کا واہمہ سمجھ کر ان باتوں کا خیال ہی چھوڑ دیا۔

لیکن وہ چھوٹتا کیسے؟ ایک دن جوگیا نے کالے بلاؤز اور خاکستری رنگ کی ساڑھی کا بے حد خوب صورت امتزاج پیدا کر رکھا تھا۔ اس دن سب عورتوں نے یہی کمبی نیشن کر رکھا تھا۔ فرق تھا تو اتنا تھا کہ کسی کا بلاؤز خاکستری تھا تو ساڑھی کالے رنگ کی تھی جس میں سنہرے کا ایک ادھ تار جھلملا رہا تھا۔

کئی موسم بدلے، خزاں گئی تو بہار آئی۔ یعنی جس قسم کی خزاں اور بہار بمبئی میں آ سکتی ہیں، اور پھر اس بہار میں ایک کاہش سی پیدا ہونی شروع ہوئی، ایک چبھن، تلخی کی ایک رمق چلی آئی جو محبت اور کامرانی کو غایت درجے گداز کر دیتی ہے اور جذبوں کی آنکھوں میں آنسو چلے آتے ہیں۔ پھر کہیں ہرا زیادہ ہرا ہو گیا، اس پر تازگی اور شگفتنی کی ایک لہر دوڑ گئی، جیسے بارش کے دو چھینٹوں کے بیچ سبک سی ہوا پانی پہ دوشالہ بُن دیتی ہے۔ پھر سمندر میں اس قدر زمرد گھلا کہ نیلم ہو گیا اور اس میں مچھلیوں کی چاندیاں چمکنے لگیں۔ آخر وہ چاندیاں تڑپ تڑپ کر اپنے آپ کو ماہی گیروں کے حوالے کرنے لگیں۔ پھر آسمان پہ صوت و تجلّی کا ٹکراؤ ہوا۔ بادل گرجے، بجلی تڑپی اور یکایک چھاجوں پانی پڑنے لگا اس سلسلے میں جوگیا نے کئی نیلے، پیلے، کالے، اودے، سردئی اور سرمئی، دھانی اور

چمپئی رنگ بدلے۔ اسے کتی جدی تھی لڑکی سے عورت بن جانے کی۔ پھر عورت سے ماں بن جانے کی۔ مجھے یقین تھا کہ اتنی صحت مند لڑکی کے جب بچے ہوں گے تو جڑواں ہوں گے، بل کہ تین چار بھی ہو سکتے ہیں۔ میں انہیں کیسے سنبھالوں گا!!اور اس خیال کے آتے ہی میں ہنسنے لگا۔

ان دنوں جوگیا اپنی بیمار ماں کے پیر پڑ کر اس سے لپ سٹک لگانے کی اجازت لے چکی تھی۔ ایک طرف زندگی دھیرے دھیرے بجھی جا رہی تھی تو دوسری طرف لپک لپک کر کِھل رہی تھی۔ جوگیا نے لپ سٹک لگانے کی اجازت تو لے لی تھی، لیکن اتنی ساڑھیوں، اتنے رنگوں کے لئے اتنی لپ سٹک کہاں سے لاتی۔ میں نے ایک دن میکس فکٹر کی لپ سٹک خرید کر تحفے میں جوگیا کو دی تو وہ کتنی خوش ہوئی جیسے میں نے کسی بہت بڑے راز کی کلید اس کے ہاتھ میں دے دی ہو۔ وہ بھول ہی گئی کہ میرے ساتھ گرگام کے ٹرام کے پھٹے پر کھڑی ہے۔ وہ مجھ سے لپٹ گئی۔ اس کے فوراً ہی بعد اس کی آنکھیں میلوں ہی اندر دھنس گئیں اور نمی سی باہر جھلکنے لگی۔ میں سمجھ گیا کہ جوگیا بے حد جذباتی لڑکی ہے، بھلا میرے سامنے اتنی ممنون دکھائی دینے کی کیا ضرورت ہے۔ لیکن بات دوسری تھی۔ جس رنگ کی میں لپ سٹک لایا تھا، اس سے میچ کرتی ہوئی ساڑھی جوگیا کے پاس نہ تھی اور نہ خریدنے کے لئے پیسے تھے۔ میرے پاس بھی اتنے پیسے نہ تھے جن سے کوئی خوب صورت سی ساڑھی خرید کر سے دے سکتا۔ میں نے تو لپ سٹک کے پیسے بھی موٹے بھیا کی جیب سے چرائے تھے۔ یا بھابھی کے ساتھ اس عشق میں بٹورے تھے جس کا حق صرف دیور ہی کو پہنچتا ہے۔

برسات ختم ہوئی تو ایک تماشا ہوا۔ جوگیا نے گھر میں بڑوں کے وقت کے کچھ عقیق بیچ ڈالے، اور میری لپ سٹک کے ساتھ میچ کرتی ہوئی ساڑھی خرید لی۔ اس بات کا مجھے

کہاں پتہ چلتا؟ لیکن ہمارے گھر میں ایک مخبر تھی، جوگیا کی سہیلی۔۔۔ ہیما۔ جوگیا نے نارنجی سرخ رنگ کی ساڑھی پہنی اور جب ہم آگیاری پار لا قانونیت کے جنگل میں ملے تو میں نے جوگیا کو چھیڑا۔۔۔ "جانتی ہو جوگیا آج تم کیا لگتی ہو"

"کیا لگتی ہوں؟"

"بیر بہوٹی۔ جو برسات ہوتے ہی نکل آتی ہے۔"

جوگیا کے دل میں کوئی شرارت آئی۔ میری طرف دیکھتے ہوئے بولی۔ "جانتے ہو، تم لون ہو؟"

اور اس کے بعد جوگیا اس قدر لال ہو کر بھاگ گئی کہ اس کے چہرے اور ساڑھی کے رنگ میں ذرا بھی فرق نہیں رہا۔ اس دن سب عورتوں نے نارنجی رنگ کے کپڑے پہن رکھے تھے۔ اپنی آنکھوں کے جلوس کی تاب نہ لا کر میں نے پھر ممیت سے کہہ دیا۔ اب کے ممیت نے اکیلے نہیں، تین چار لڑکوں ک ساتھ لیا اور شاہراہِ عام پر میری بے عزتی کی۔ شاید مجھے اتنا بے عزتی کا احساس نہ ہوتا اگر سوکشی وہاں نہ آجاتی۔ جو سفید نائلون کی ساڑھی پہنے ہوئے تھی اور اس میں تقریباً ننگی نظر آرہی تھی۔ وہ روز بروز سچ مچ کا ماڈل ہوتی جارہی تھی۔

جوگیا کو بیر بہوٹی بننے کی کتنی خواہش تھی، اس کا مجھے روح کی گہرائیوں تک سے اندازہ تھا، لیکن میں کچھ نہ کر سکتا تھا۔ سوائے اس کے کہ میں سکول سے پاس ہو کر نکل جاؤں اور کوئی اچھی سی نوکری کر لوں یا تصویریں بنا کر مالا بار ہل اور وارڈن روڈ کے جھوٹے دقیقہ شناسوں کو اونے پونے میں بیچ دوں۔ لیکن ان سب باتوں کے لئے وقت چاہئے تھا، جو میرے پاس تو بہت تھوڑا تھا، جوگیا کے پاس بھی تھا، لیکن ماں کے پاس نہ تھا۔ محنت ار مشقت کی وجہ سے اسے کوئی کرم روگ لگ گیا تھا۔

میں اس انتظار میں تھا کہ ایک دن بھابھی اور موٹے بھیا سے کہہ دوں، لیکن مجھے اس کی ضرورت نہیں پڑی۔ ہیما باپو گھر میں جوگیا کے پیار دلار لیتی ہوئی ایکا ایکی اپنے گھر میں آ نکلتی اور دھڑ سے کہہ ڈالتی "کاکا کیوں نہیں تم جوگیا سے بیاہ کر لیتے؟"

اور میں ہمیشہ کہتا "دھت"۔ یہ 'دھت' اگر میں ہی کہتا تو کوئی بات نہیں تھی۔ کچھ دن بعد ہیما کی اس ٹائیں ٹائیں پر بھیا بھابھی نے اسے ڈانٹنا شروع کر دیا اور ایک دن تو بھابھی نے اس معصوم کو ایسا طمانچہ مارا کہ وہ الٹ کر دہلیز پر جا گری۔ اس دن میرا ماتھا ٹھنکا۔ مجھے یوں لگا جیسے اس بارے میں دونوں گھروں میں کوئی بات ہوئی ہے۔

میرا اندازہ ٹھیک تھا۔ جوگیا اور بجور کی ماؤں اور پنجابن نے مل کر بھابھی کے ساتھ بات چلائی اور منہ کی کھائی۔ باپو گھر کی عورتیں یوں ٹھیک تھیں۔ ان سے بات کر لینا، ان کے ساتھ چیزوں کا تبادلہ بھی درست تھا۔ ایک آدھ بار اشارے سے رام کرنا ٹھیک تھا۔ لیکن ان کے ساتھ رشتے ناطے کی بات چلانا کسی طرح بھی درست نہ تھا۔ پھر اور بھی بہت سی باتیں نکل آئیں جو ہمارے گجراتی گھروں کا وبال ان کا زہر، مٹی کا تیل اور کنواں ہوتی ہیں۔ جوگیا کی ماں لڑکی کو کچھ لمبا چوڑا دے دلا نہیں سکتی تھی۔ اسی لئے جب ہمارے گھروں میں کوئی لڑکی جوان ہوتی ہے تو کچھ لوگ اس کی طرف دیکھ کر کہتے ہیں "تیار ہو گئی مرنے کو۔۔۔"۔ خیر دینے دلانے کی بات پر میں تن کر کھڑا ہو گیا۔ لیکن اس کے بعد بھابھی اور گیان بھون کی عورتوں نے دوسری باتیں شروع کر دیں۔ جوگیا کا باپ کون تھا، کوئی کہتی وہ مسلمان تھا۔ اور کوئی بڑھیا گواہی دیتی وہ ایک پرتگالی ت جو بڑودے میں بڑے عرصے تک رہا تھا۔ ھر جو بھی ہو، وہ سب باتیں تھیں۔ ایک بات جو تحقیق کے ساتھ مجھے پتہ چلی تھی وہ یہ تھی کہ جوگیا کی ماں مناودر کے برہمن دیوان کی دوسری بیوی تھی جسے قانون نے نہ مانا۔ جوگیا اس دیوان کی لڑکی تھی۔ گر لوگ جوگیا کی ماں ایک

برہمن عورت کو دیوان صاحب کی رکھیل کہتے تھے۔ یہ اس قسم کے لگ تھے جنہوں نے جوگیا کی ماں کے کچھ بھی پلے نہ پڑنے دیا اور وہ بمبئی چلی آئی۔ کچھ بھی تھا، اس میں جوگیا کا کیا قصور تھا۔ وہ تو اپنے باپ کی موت کے تین مہینے بعد پیدا ہوئی تھی اور شفقت کا منہ آج تک نہ دیکھا تھا۔ میں ان سب چیزوں کے خلاف جہاد کرنے، جوگیا کے ساتھ فٹ پاتھ پر رہنے کو تیار تھا۔ لیکن باقی سب نے مل کر جوگیا کی ماں کو اس قدر صدمہ پہنچایا کہ وہ مرنے کے قریب ہو گئی۔ اب وہ چاہتی تھی کہ جلدی جلدی جوگیا کا ہاتھ کسی گزارے والے مرد کے ہاتھ میں دے دے۔ میرے گھر والوں کی باتوں کے کارن وہ میری صورت سے بھی بیزار ہو گئی تھی۔ اس نے اپنی بیٹی سے صاف کہہ دیا تھا کہ اگر اس نے مجھ سے شادی کی بات بھی کی تو وہ کپڑوں پر تیل چھڑک کر جل مرے گی۔ جوگیا اب کالج نہ جاتی تھی۔ اور بانپو گھر کے جوگیا والے فلیٹ کے کواڑ اکثر بند رہتے اور ہم تازہ ہوا کے جھونکے کے لئے ترس گئے تھے

ایک شام مجھ پر بہت کڑی آئی۔ سرِ شام ہی اندھیرے کے چمگادڑ کے بڑے بڑے پر مجھ غریب پر سمٹنے لگے تھے، کچھ دیر بعد یوں لگا جیسے کوئی میری شہ رگ پر اپنا منہ رکھے تیزی سے میرا سانس چوس رہا ہے۔ جتنا میں اسے ہٹانے کی کوشش کرتا ہوں، اتنا ہی اس کے دانت میرے گلے میں گڑتے جا رہے ہیں۔۔۔ ان شاموں کا رنگ سیاہ بھی نہیں ہوتا اور سفید بھی نہیں ہوتا۔ ان کا رنگ ایک ہی ہوتا ہے۔۔۔ حبس اور جانکاہی کا رنگ۔ اور جن لوگوں پر ایسی شامیں آتی ہیں، وہی جانتے ہیں کہ ایسے میں صرف محبوبہ اور ماں ہی ان کو بچا سکتی ہیں۔ میری ماں مت چکی تھی، اور جوگیا میری نہ ہو سکتی تھی۔

افوہ اتنی گھٹن، اتنی اداسی۔۔ اداسی کا بھی ایک رنگ ہوتا ہے۔ میلا چھدرا چھدرا، جیسے منہ میں ریت کے بے شمار ذرے۔ اور پھر اس میں ایک عفونت ہوتی ہے جس سے

متلی ہوتی بھی ہوتی ہے اور نہیں بھی ہوتی۔۔۔ آخر آدمی وہاں پہنچ جاتا ہے جہاں سے احساس کی حدیں ختم ہو جاتی ہیں اور رنگوں کی پہچان جاتی رہتی ہے۔

صبح اٹھا، تو میرا اس گھر، اس شہر، اس دنیا سے بھاگ جانے کو جی چاہتا تھا۔ اگر جوگیا کی ماں نہ ہوتی اور وہ میرے سات چلنے پر راضی ہو جاتی تو میں اسے لے کر کہیں بھی نکل جاتا۔ جبھی مجھے بیراگی یاد آنے لگے، بودھ بھکشو یاد آنے لگے جو اس دنیا کو چھوڑ دیتے ہیں اور کہیں سے بھی بھکشا لے کر اپنے پیٹ میں ڈال دیتے ہیں اور 'اوم منے پدمے' کا ورد کرنے لگتے ہیں۔

میں واقعی اس دنیا کو چھوڑ دینا چاہتا تھا، لیکن سامنے بانپو گھر میں جوگیا کے فلیٹ کا دروازہ کھلا، اور جوگیا مجھے سامنے نظر آئی۔ ایسا معلوم ہوتا تھا جیسے وہ راتوں سے نہیں سوئی۔ اس کے بال بے حد روکھے تھے اور یوں ہی ادھر ادھر چہرے اور گلے میں پڑے تھے۔ اس نے کنگھی اٹھائی اور بالوں میں کھبو دی۔ کچھ دیر بعد وہ الماری کے پاس جا پہنچی۔

میں اسکول کی طرف جا رہا تھا، راستے میں سب عورتوں نے جوگیا کپڑے پہن رکھے تھے۔ انہیں کس نے بتایا تھا؟۔۔۔ وہ اداس تھیں جیسے زندگی کی ماہیت جان لینے پر انہیں بھی کوئی بیراگ ہو گیا تھا۔ ان کے ہاتھوں میں کھڑتال تھی اور ہونٹوں پر بھجن تھے۔ جو نہ کسی کو سنائی دے رہے تھے نہ دکھائی دے رہے تھے۔ وہ بھکشو بنی ایک دروازے سے دوسرے دروازے پر جا رہی تھیں، اور انہیں کھٹکھٹا رہی تھیں لیکن اس بھرے پرے شہر بمبئی میں کوئی بھی انہیں بھکشا دینے کے لئے باہر نہیں آ رہا تھا۔

اسکول پہنچا تو ممیت بدستور ہنس رہا تھا۔ آج اس نے پہل کی، بولا "شہر کی عورتوں نے آج کیا رنگ پہن رکھا ہے؟" میں اس بے حس آدمی کو کوئی جواب نہ دینا چاہتا تھا لیکن اپنے آپ میرے منہ سے نکل گیا" آج وہ سب جوگنیں بن گئی ہیں، سب نے بیراگ لے

لیا ہے اور جو گیا پہن لیا ہے"۔

اس دن میں اسے اور سیکشی کو گل ہر کے نیچے سے، پام کے پیڑوں میں گھسیٹتا ہو ا باڑ کے پاس لے گیا۔ سامنے سرک چل رہی تھی اور اس پر انسان کے پتلے ساکت تھے، ان سب نے بیراگ لے لیا تھا اور جو گیا کھتیاں پہنے بلا ارادہ، بے مقصد پھٹی پھٹی آنکھوں سے گھور رہے تھے۔ جیسے اس دنیا میں کوئی مرد نہیں، کوئی عورت نہیں، جسے ان کو جواب دینا ہے۔

میں نے ایک عورت کی طرف اشارہ کیا۔ وہ جو گیا کپڑے پہنے ہوئے ہاتھ میں کمنڈل لئے جا رہی تھی۔ ممیت کھلکھلا کے ہنسا۔ ساتھ ہی سیکشی بھی ہنسی۔ اس نے جینس پہن رکھی تھی۔ وہ پورے طور پر ماڈل بن چکی تھی۔

جب ممیت کی ہنسی تھمی تو اس نے کہا "تو بالکل پاگل ہو گیا ہے جگل۔۔۔ کہاں ہیں جو گیا کپڑے؟ اس عورت نے تو اودے رنگ کی ساڑھی پہن رکھی ہے اور وہ تجھے کمنڈل دکھائی دیتا ہے۔۔۔ پرس ہے خوبصورت سا۔۔۔" سیکشی نے بھی ممیت کی تائید کی۔ میں حواس باختہ کھڑا سامنے سڑک پر دیکھتا رہا۔ جبھی ایک بس آکر رکی اور اس میں سے ایک لڑکی اتری۔۔۔ یہ کیسے ہو سکتا ہے، میں نے اپنے آپ سے کہا۔۔۔ وہ جوگن ہے۔۔۔ جو گیا کپڑے پہنے ہوئے۔۔۔ میں اندھا ہوں۔۔۔

لیکن اپنی آنکھوں پر یقین کرنے کے لئے میں کچھ دیر وہیں کھڑا رہا۔ کچھ دیر کے بعد مجھے یقین ہو گیا اور پیچھے دیکھتے ہوئے میں نے آواز دی "ممیت۔۔۔۔"

ان کے قہقہے سنائی دے رہے تھے۔ وہ مجھے ویسے ہی بے یار و مددگار اس صحرا میں چھوڑ گئے تھے جیسے لوگ کسی پاگل آدمی کو چھوڑ جاتے ہیں۔ یہ بھی ان کی عنایت تھی کہ انہوں نے مجھے پتھر نہیں مارے تھے اور نہ مجھے اولیاء کہا تھا۔۔۔

اور وہ لڑکی اس طرف آ رہی تھی۔ اب تو مجھے پورے سنسار پہ پھیلے ہوئے رنگ کے بارے میں کسی قسم کا شک نہ تھا۔ اس سے پہلے کہ میں یقین اور ایمان کی آواز کے ساتھ ممیت اور سکشی کو پکارتا، وہ میرے قریب آچکی تھی۔ میں نے ایک آواز سنی "بیر"۔ اور میں نے چونک کر دیکھا۔ کسی دوسرے رنگ کا سوال ہی نہیں پیدا ہوتا تھا۔ وہ خود جوگیا تھی۔ جسے میں نے صبح اپنے گیان بھون سے بانپو گھر کے کھلے دروازے سے سب ساڑھیوں میں سے جوگیا رنگ کی ساڑھی کا انتخاب کرتے دیکھا تھا۔

ور پھر آئی جوگیا۔

ایک عجیب بے اختیاری کے عالم میں میں نے ایک قدم آگے بڑھایا۔ اور عجیب بے بسی کے عالم میں رک گیا۔ جوگیا بولی "میں کل بڑودہ جا رہی ہوں"

"کیوں جوگیا، بڑودہ میں کیا ہے؟"

"میری ننھال، وہاں میرا بیاہ ہو رہا ہے پرسوں۔۔۔۔"

"او۔۔۔"

"میں تم سے ملنے آئی تھی۔۔۔۔"

"تو ملو۔۔۔۔ میں جانے کیا کہہ رہا تھا۔۔۔"

اس وقت آرٹس اسکول کے کچھ لڑکے لڑکیاں، پرنسپل اور کچھ دوسرے لوگ آ رہے تھے۔ جب کہ جوگیا نے اچک کر اتنے زور سے میرا منہ چوم لیا کہ میں بوکھلا اور لڑکھڑا کر رہ گیا۔ وہ اٹھارہ انیس کی بجائے پینتیس چالیس سال کی بھرپور عورت بن گئی تھی۔ اگر کچھ لوگ دیکھ بھی رہے تھے تو وہ ہمیں دکھائی نہیں دیئے۔ وہ دیکھ بھی رہے تھے تو کیا کر سکتے تھے۔۔۔؟ جاتے ہوئے جوگیا نے کہا "میرے جانے کے بعد تم روئے تو میں ماروں گی۔۔ ہاں!!" اور ساتھ ہی اس نے مکا دکھا دیا۔ اور اس کے بعد جوگیا چلی گئی۔

سویرے گیان بھون اور بانپو گھر کے سامنے ایک وکٹوریہ کھڑی تھی۔ جس پر بازار کا بوجھ اٹھانے والے کچھ سوٹ کیس اور ٹرنک رکھ رہے تھے، کچھ یوں ہی ادھر ادھر کا سامان۔ ان لوگوں کو رخصت کرنے کے لئے بانپو گھر کے سب لوگ نیچے چلے آئے تھے، لیکن سامنے گیان بھون سے میرے سوا کوئی نہ آیا تھا۔ موٹے بھیا اور بھابھی تو کیا آتے۔۔۔ معصوم ہیما کو بھی انہوں نے غسل خانے میں بند کر دیا تھا۔ جہاں سے اس کے رونے کی آواز گلی میں آرہی تھی۔

پہلے بجور کی ماں اور پنجابن کے سہارے جوگیا کی ماں اتری اور گرتی پڑتی وکٹوریہ میں بیٹھ گئی۔ تھوڑا سانس درست کیا اور سب کی طرف ہاتھ جوڑتی ہوئی بولی۔۔ "اچھا بہنو۔۔۔ ہم چلتے بھلے۔۔۔ تم بستے بھلے۔۔۔"

اور پھر آئی جوگیا۔۔۔ جوگیا نے ہلکے گلابی رنگ کی ایک خوب صورت ساڑھی پہن رکھی تھی اور گلاب کا ہی ایک پھول محنت اور خوبصورتی سے بنائے ہوئے جوڑے میں ٹانک رکھا تھا۔ ابھی وہ وکٹوریہ میں بیٹھی بھی نہ تھی کہ اگیاری کا پارسی پروہت ادھر آنکلا۔

میں نے عادتاً کہا۔ "صاحب جی"

"صاحب جی" پارسی پروہت نے جواب دیا اور پھر مجھے اور جوگیا کو تقریباً ایک ساتھ کھڑا دیکھ کر مسکرایا۔ آشیر واد میں ہاتھ اٹھائے اور منہ میں ژند اوستا کا جاپ کرتا ہوا چلا گیا۔ جوگیا گاڑی میں بیٹھی تو اس کے ہونٹوں پہ مسکراہٹ تھی۔

جب میں بھی مسکرا دیا۔

* * *